La vida iba en serio

Novela

Biografía

Jorge Javier Vázquez (Badalona, 1970). Licenciado en Filología Hispánica por la Universidad de Barcelona, su carrera profesional ha estado siempre ligada a los medios de comunicación. Comienza como redactor de la revista *Pronto*, y gracias a este semanario le llegó la oportunidad de salir de Barcelona para iniciar una nueva andadura en Madrid. En 1997 empezó a colaborar en Antena 3 en el programa *Extra rosa*, conducido por Rosa Villacastín y Ana Rosa Quintana. A partir de ahí su carrera empezó a despegar con el magacín *Sabor a ti*. En 2001 se estrenó como presentador en *Rumore rumore*. Tras esta productiva etapa en Antena 3, dio el salto definitivo a Telecinco, donde continúa trabajando con gran éxito de audiencia. Actualmente compagina su presencia en *Sálvame diario*, *Sálvame Deluxe* y *Hay una cosa que te quiero decir*. En 2009 fue galardonado con el Premio Ondas al mejor presentador de televisión. *La vida iba en serio* es su primera novela.

Jorge Javier Vázquez

La vida iba en serio

Planeta

El papel utilizado para la impresión de este libro es cien por cien libre de cloro y está calificado como **papel ecológico**.

Avinguda Diagonal, 662, 6.ª planta. 08034 Barcelona (España)
www.planetadelibros.com

Ilustración de la cubierta: © Roberson
Fotografía del autor: © Cristóbal Manuel, *El País*
Primera edición en Colección Booket: noviembre de 2013

Depósito legal: B. 22.622-2013
ISBN: 978-84-08-12190-9
Impresión y encuadernación: Liberdúplex, S. L.
Printed in Spain - Impreso en España

A mi madre, que no se enfada cuando prometo llamarla un poquito más tarde y casi nunca lo hago

A Paco, por contestarme siempre

1

EL CHICO DE LA MALETA

Serían más o menos las doce del mediodía, abrí la puerta con cierta dificultad y oí cómo desde dentro de la casa alguien pronunciaba mi nombre con sorpresa:

—¿Jorge?

—Sí —respondí todavía más sorprendido—. Soy yo.

—Perdona, ¿puedes volver un poco más tarde? Es que estoy acompañado.

—Bueno...

Arrastré de nuevo las maletas hacia la calle y me senté en un banco de la plaza de Isabel II a esperar a que el hermano de mi casera acabara de echar un polvo mientras pensaba que sólo me faltaban unos cartones para que me confundieran con un pordiosero o un desahuciado. A apenas un par de metros había una cabina de teléfono, así que podría haber aprovechado para llamar a mis padres y contarles que había llegado a Madrid sin ningún contratiempo, pero a mis veinticinco años todavía me ponía nervioso cuando tenía que llamar a mis padres y contarles una mentira, de modo que decidí dejarlo para otro momento, un momento en el que no oyera dentro de mi cabeza las severas recomendaciones de mi padre, que habían comenzado a taladrarme el cerebro nada más tomar posesión del banco: «Cuidado con esa profesión tuya porque hay muchos maricones», «en la noche hay demasiado vicio, y entre los artistas ni te cuento», «si hubieras escogido una carrera técnica no tendrías que largarte a Madrid para hacer eso que tú haces».

«Eso» que yo hacía —y sigo haciendo— era dedicarme a escribir sobre las aventuras y desventuras de los famosos, un trabajo que no es que en mi casa se viera con malos ojos, es que simplemente no se veía. Había acabado la carrera de Filología Hispánica en el 92, y comencé a colaborar por casualidad en un semanario de Badalona, mi ciudad, entrevistando, en el mejor de los casos, a los actores de las compañías de Madrid que venían a presentar sus obras a Barcelona y, en el peor, haciéndole un sentido reportaje a algún veterano comerciante de la localidad, un tipo de encargo que no me hacía la más mínima gracia. Después de tres años picoteando en trabajos de lo más diverso la suerte llamó a mi puerta en forma de confusión: un domingo apareció en *La Vanguardia* un anuncio en el que se pedía un reportero gráfico y, con el atrevimiento de la ignorancia, envié mi exiguo currículum sin caer en la cuenta de que lo que solicitaban era un fotógrafo. Yo creí que andaban buscando a alguien que escribiera con soltura y que se defendiera haciendo fotos; de lo primero era capaz y, en cuanto a lo segundo, al menos podía asegurar que cuando me tocaba disparar a mi familia no la sacaba movida. Sin embargo, cuando me llamaron para hacerme una entrevista contesté a todo que sí: sabía escribir —lo demostré redactando un artículo sobre una trifulca que había tenido una folclórica con unos fotógrafos en Barajas— y, por supuesto, que me manejaba con la cámara. A los tres días me comunicaron que el puesto era mío, y así fue como empecé a trabajar para Heres, un grupo que englobaba revistas tan dispares como *Pronto*, *Súper Pop*, *Nuevo Vale* o *Teleindiscreta*. Mis tareas consistirían en ayudar en los cierres de las revistas y, muy de vez en cuando, salir a la calle para lo que pomposamente se conocía como «tomarle el pulso a la realidad española». O sea, que me hice un experto conocedor de las discotecas más punteras de la Ruta del Bakalao, hasta el punto de saber con precisión cuál era de *pastis*, cuál de coca y cuál de todo un poco. También cuento entre mis logros el haber escrito para *Súper*

Pop. Como era una revista para adolescentes, cuando tenía que dar cuenta del último concierto de Alejandro Sanz de turno, comenzaba mi artículo con expresiones del tipo: «¡Menudo conciertazo, tías!» o «¡No hay quien pueda resistirse a esos ojazos negros!». Juan Ramón Jiménez en estado puro. Si mi memoria no me falla, también escribí varios artículos para *Nuevo Vale* dando consejos sobre cómo trajinarse al chulángano de turno.

No me costó redactarlo. La teoría la conocía al dedillo.

Creo que durante el tiempo que trabajé en aquella redacción estuvieron a punto de echarme unas cuatro o cinco veces, porque yo, gran amante de la literatura, intentaba dotar a mis escritos de cierto vuelo poético cuando lo que en realidad se me pedía era que hiciera refritos de artículos ya publicados en otras revistas. Un ejemplo: me encargaron uno sobre la vuelta a los ruedos de un matador más viejo que la tos, y recuerdo que confeccioné un brillante reportaje acerca de la necesidad de largarse de un sitio cinco minutos antes de que a uno lo echen y me «olvidé» de contar dónde había toreado, si había cortado orejas, si su familia había acudido a apoyarlo o si se había cogido después una cogorza para celebrar el triunfo. Por supuesto, tuve que rehacer el trabajo de principio a fin, no sin antes advertir ciertas miradas cruzadas entre el subdirector y la subdirectora de *Pronto* que no presagiaban nada bueno acerca de mi futuro profesional en aquella casa.

Pero no me desanimé: si una idiota que deambulaba por allí ejercía de directora de una revista que duró un suspiro, a mí me esperaba como mínimo un TP de Oro.

Y, tal vez como castigo por pensar aquello, tuve que trabajar a las órdenes de la idiota un par de meses. Pertenecía a ese grupo de tías que desempeñaban un puesto de trabajo tradicionalmente destinado a los hombres y, para estar a la altura, se dedicaba a copiar esos comportamientos tan habituales en jefes varones e inseguros: gesto de perpetuo cabreo, convencimiento existencial de que el destino del mundo depende de ellos, disertación con gesto rijoso en la redacción sobre que había que follarse el trabajo porque si no él se encargaba de darte por culo a ti... La idiota encontró en mí una presa fácil debido a mi timidez y consiguió que acudiera a trabajar con el miedo en el cuerpo hasta que un día la oí pronunciar la siguiente frase: «Antonio García Obregón, a la sazón padre de Ana Obregón...». A partir de entonces troqué el miedo por el desprecio y descubrí lo tranquilo que se trabajaba recibiendo órdenes y bufidos de una burra.

El caso es que le cogí el tranquillo a aquello de hacer refritos, aunque con lo que yo soñaba era con trasladarme a Madrid y tratar de tú a tú con los personajes sobre los que escribía. No me iba lo de ser rata de redacción, escribía con la misma pasión que quien pega sellos. Lo único que me hacía gracia era la versatilidad que iba adquiriendo mi personalidad: si me tocaba escribir sobre personajes americanos, firmaba mis artículos como *George Scott*, mientras que los días que los protagonistas de mis reportajes eran aquellos actores de culebrones tan en boga por aquella época me convertía en *Héctor Banderas*; y si por casualidad me tocaba en el reparto escribir sobre el Festival de San Remo, firmaba como *Giorgio Coletti*. Podría decirse que tenía heterónimos a tutiplén, como Pessoa.

Un día de principios de agosto de 1995 le trasladé a mi director mis inquietudes sobre mi idoneidad para aquel puesto. Yo creo que por una parte vio el cielo abierto —me marchaba yo sin necesidad de que él tuviera que pasar por el mal trago de despedirme—, aunque también adiviné en su mirada cierta dosis de envidia. Antes de convertirse en director había gastado noches en los tablaos capitalinos alternando con las figuras nacionales de la época. En una de esas se enamoró perdidamente de una folclórica pop. La folclórica pensó que aquel diligente reportero conseguiría encumbrarla a las más altas cimas de la popularidad, pero cuando vio que pasados tres meses sólo había sido capaz de sacarla en pelotas en una revista de cuarta categoría regional, lo extirpó de su vida de un día para otro. Ella acabó liándose con el dueño de una venta de Murcia y mi director se casó con una catalana a la que conoció en el Café Gijón una tarde en que pretendía ahogar su pena en una piscina de absenta.

—Voy a apañarte una entrevista con el editor —me propuso en un acceso inusitado de generosidad.

¡El editor! Aquel célebre editor que en su día también animara a Maruja Torres a abandonar el barco —sí, Maruja también escribió un tiempo para una revista del grupo que se llamaba *Garbo*— y trasladarse a Madrid para convertirse en la diosa del periodismo que es hoy. Ese editor —al que Maruja bautizó en uno de sus libros con el apelativo de *Viceversa* por su habilidad para oponerse a todo lo que se le proponía— me recibió en un amplio despacho desde el que se divisaba gran parte de Barcelona. Era un hombre de pocas palabras y, aunque siempre pedía opinión sobre cualquier asunto que expusiera, lo que esperaba en realidad era que su interlocutor acabara dándole la razón.

—Así que te gustaría trabajar en Madrid.

—Sí, mucho —acerté a responder con voz de princesa casadera.

—Muy bien, muy bien. Te doy doscientas mil pesetas para que pases el primer mes allí y veas si te haces o no a la ciudad. Nosotros te encargaremos reportajes para las revistas del grupo y también estaremos abiertos a que nos propongas entrevistas con la gente que puedas conseguir. Si te mueves bien, no te costará trabajo salir adelante. Mucha suerte.

Y dio por terminada la reunión.

Viceversa acababa de decidir mi futuro en poco menos de un minuto. ¿Levantó la vista de sus papeles cuando me di la vuelta y me dirigí hacia la puerta? Supongo que no, pero tampoco me importó.

Volví a casa con una sensación cercana a la de quien está sedado. No estaba excitado, ni nervioso, ni eufórico, pero al bajarme del metro en Badalona comprendí que comenzaba a despedirme de mi ciudad, de mi barrio, de mi familia. Abrí la puerta de mi casa y me encontré a mis padres sentados en el comedor: él leyendo el periódico, ella zurciendo una camisa. Cuando les comuniqué que me largaba fuera a buscarme la vida, mi madre se fue a la cocina con la excusa de que se le pegaba la carne y mi padre se limitó a decir:

—¿Estás seguro?

Yo no estaba seguro de nada, pero lo que sí tenía claro era que no quería vivir más tiempo encerrado en aquella casa de cincuenta metros cuadrados en la que estaba prohibido ese tipo de alegría tan asociada al riesgo, a la diversión, a la aventura. No quería conseguir el trabajo estable por el que suspiraba mi padre, no quería un horario fijo, ni siquiera quería tener novia. Detestaba llevar una vida previsible y, lo más preocupante, comenzaban a agotárseme las excusas cuando me preguntaban dónde y con quién había estado la noche anterior. Vivir engañando me resultaba extenuante.

Antes de trasladarme ¿definitivamente? a Madrid me planté en casa de Marisol y Antonio, unos amigos que vivían en la capital —y a los que había conocido en un viaje a Jordania organizado por una agencia barata—, para comunicarles la buena nueva y pedirles que me acogieran durante los tres o cuatro días en que me dediqué a buscar un buen piso de alquiler. Antes, en Badalona, había leído con fruición el *Segunda Mano*, seleccionado varios anuncios que me parecieron atractivos y concertado las visitas pertinentes, que agrupé en aquellos pocos días que pasé en casa de mis amigos. No recuerdo la búsqueda con alegría: la mayoría de los pisos que estaban a mi alcance estaban destartalados, eran tristes y tenían las paredes desconchadas, las cortinas sucias y unas cocinas de alicatados imposibles que provocaban pánico. Hasta que di con uno en la calle Escalinata, en pleno Madrid de los Austrias. Aunque era caro —noventa mil pesetas mensuales— respondía a mis necesidades: céntrico, bien comunicado y con los muebles justos para entrar a vivir sin que aquello pareciera un campamento. Me lo enseñaron la propietaria y su hermano, un chico cinco o seis años mayor que yo que todo el tiempo me sonreía con cierta insistencia y sin venir a cuento. Me llevó una tarde decidir que desde aquel centro de operaciones iniciaría mi asalto a la capital. Así pues, volví a Badalona con la primera de las misiones cumplida y dispuesto, entonces sí, a organizar mi traslado definitivo.

Me costó poco despedirme de la que había sido mi vida hasta los veinticinco años. Quería a mis padres, claro, pero necesitaba alejarme de ellos para comenzar a vivir sin remordimientos ni engaños. Con mis dos hermanas —Ana y Esther, diez y ocho años mayores que yo respectivamente— tampoco tenía mucha relación. Nos llevábamos bien, pero no nos hacíamos partícipes de nuestras existencias. La mayor acababa de separarse y andaba ennoviada con un uruguayo, y la mediana vivía feliz con sus dos hijos. Si les dolía mi marcha, no me lo hicieron saber, o al menos yo no lo sentí.

El día de mi partida fue menos trágico de lo que había imaginado. Supongo que mis padres pensaban que cuando se me acabara el dinero tendría que volver a casa sin aquellos pájaros que poblaban mi cabeza y comenzar a tomarme en serio eso de vivir. Me llevaron al aeropuerto, me despidieron con dos fuertes abrazos y, después de decirles adiós, no quise volverme porque sabía que mi madre estaría con la lágrima a punto de caramelo. Pero también porque no quería sentirme mal por lo feliz que era marchándome de su lado.

Sin embargo, después de la hora escasa de vuelo, del taxi al centro y de la fallida entrada en mi nuevo hogar, allí estaba yo, con mis grandes planes destruidos, o al menos aplazados, sentado en un banco de la plaza de Isabel II sin saber bien qué hacer.

Después de una hora decidí dejar de sentirme ridículo y plantarme en el que ya era mi piso. Me esperaba el hermano de la dueña, todo sonrisas y disculpas. Me contó que había ligado con un tío la noche anterior y que, como no tenía mucha pasta ni tampoco intimidad en su casa, había decidido utilizar como picadero una última vez el que ya era mi piso. Vaya, pensé animándome de pronto, tampoco tenía tantos motivos para estar triste; al fin y al cabo era sábado, y quizá yo pudiera empezar también aquella misma noche a salir por discotecas «de ambiente» sin temor a que alguien me reconociera y fuera con el cuento a mis padres.

2

MADRID, NOCHE PRIMERA

Madrid era para mí una mezcla de versos e imágenes de Lope de Vega, Pérez Galdós, Alfonso XIII y Radio Futura. Un dispar batiburrillo que poco tenía que ver con aquella Barcelona limpia, moderna, aséptica y abierta al mar que había dejado atrás. Acababa de cambiar una ciudad que vivía corriéndose de gusto al mirarse al espejo —no en vano había organizado los mejores Juegos Olímpicos de la era contemporánea— por otra que olía a cañas y a tascas y, acostumbrado a los bares de diseño que habían comenzado a surgir en la Barcelona posolímpica, me quedaba embobado contemplando en Madrid los bares mugrientos que vendían bocatas de calamares como si fueran perlas. Todo me llamaba la atención: lo viejo que estaba el metro en el centro, aquella Gran Vía atiborrada de gente, que una mujer le preguntara a su acompañante «¿Hace una caña, moreno?», o que en una panadería una señora se quejara a la dependienta de que la palmera no estuviera «hojaldre».

—¿Que no está «hojaldre», señora? —respondió la muchacha como si fuera la protagonista de un sainete—. Será que no la ha visto usted bien.

Yo paseaba por la ciudad con ansia y me emocionaba cuando salían a mi paso lugares que conocía por motivos diversos: la travesía de Bringas de *Fortunata y Jacinta*, la Plaza Mayor, el teatro La Latina y el enorme cartel que anunciaba la revista de su estrella por antonomasia, el Chicote de los *cocktails* de posguerra... Y Chueca. Sobre todo Chueca, aquel barrio que todavía acogía en su plaza a camellos de hachís pero que estaba comenzando a convertirse en la zona gay por excelencia.

Tenía tantas ganas de pisar la tierra prometida que no habrían pasado ni seis horas desde mi llegada a Madrid cuando fui a conocerlo en persona. Nada más tomar posesión real y efectiva del piso, una vez que hubo salido de él el hermano de mi casera, fui a hacer unas compras básicas a El Corte Inglés de Sol, volví, me duché, llamé a mis padres y me dispuse a ejercer mi albedrío. Estaba feliz. Les conté que el vuelo había ido muy bien, que había tomado posesión de la casa sin ningún contratiempo —mentira— y que Madrid me parecía una ciudad maravillosa. Ahí sí que no mentía: quizá fuera la primera vez en mi vida que sentí que el mundo me pertenecía: podía meterme en un bar de ambiente sin temor a ser descubierto.

Aquello, tan básico, era la libertad para mí.

Pero, con todo, no sería la primera vez que pisara un bar gay. Aquel acontecimiento había tenido lugar cuatro años atrás y había sido gracias a un compañero de la facultad llamado Joan. Yo tenía veintiún años y él me llevaba más de diez, sin embargo jamás quiso especificar cuántos más. Era guapo y tenía buen cuerpo, aunque nunca llegué a sentirme atraído por él, quizá porque desde el primer momento desempeñó el papel de padre, madre y guía.

Coincidíamos en Literatura Española del Siglo de Oro, y él destacaba entre todos los alumnos no ya por su edad, sino por su aire de madurez, de saber mucho más de todo que nosotros. Joan había estudiado antes otra carrera técnica y, ya metido de lleno en el mercado laboral, se había dado cuenta de que la literatura era su auténtica vocación, por lo que se había matriculado en la facultad con la certeza de que aquello era lo que quería, una opción verdadera en la que había decidido volcarse de lleno y no una salida apresurada nada más terminar la selectividad. Muchos de mis compañeros habían elegido aquella carrera porque parecía fácil, o porque no pedían mucha nota para entrar y la media no les había dado para alcanzar alguna otra facultad más deseada. Tal vez aquella seguridad, aquel aire de determinación, fuera lo que lo diferenciaba. A su lado, todos eran niñatos.

Comenzamos a dedicarnos miradas, de las miradas se pasó a las sonrisas y de las sonrisas a los saludos. Y un día, antes de que comenzara una clase, me dirigí a él y le pedí que me prestara los apuntes del día anterior.

—Chico, es que ayer preferí ir al cine antes que venir a clase, me aburre bastante la profesora —le dije como excusa.

—Joan, me llamo Joan. Y yo también me aburro, no te creas.

Joan sabía que yo no buscaba sus apuntes, lo que deseaba era acercarme a él y encontrar un cómplice. Jamás le agradeceré lo bastante que me lo pusiera tan fácil.

—Si quieres quedamos al final de la clase, haces fotocopias y, como muestra de gratitud, me invitas a un café —me propuso.

—Vale.

No hizo falta que nos confesáramos nada. Ambos sabíamos lo que éramos aunque nos separara un factor muy importante: la experiencia. Mientras que él conocía al dedillo adónde tenía que ir para ligar, yo sólo sabía que había bares en Barcelona donde tíos que no se habían visto en la vida se saludaban y al rato —tres cuartos de hora, dos horas después como mucho— acababan encamados. Y también sabía, porque lo había probado, que había tíos que follaban por pasta. Me ponía muy caliente leer en los anuncios por palabras de los periódicos la manera en la que se anunciaban, aunque no era capaz de reunir el valor suficiente para llamar a uno de ellos. Más o menos por aquel entonces, mi excitación aumentó de manera espectacular un domingo en que, después de ir solo a ver una obra de teatro que se representaba en el Paralelo, paseé hasta llegar a las Ramblas y descubrí que en los kioscos había revistas que llevaban en la portada tíos en pelotas, tíos de todas las clases habidas y por haber (musculados, fibrados, con vello, imberbes, sudados, en bañador, con *slips*), aunque con un denominador común: un paquete tan descomunal como sugerente. Después de una lucha titánica contra mi desmesurado sentido de la vergüenza, compré una de aquellas revistas, y también compré otras tres o cuatro más que no tenían nada que ver con ella para enmascarar mi adquisición. Llegué a Badalona sobre las diez de la noche, y nada más entrar en casa me dirigí al baño con la revista que tanto esfuerzo me había costado conseguir.

Lo que vi me volvió loco. De repente sentí como si cientos de monstruos que hubieran vivido aletargados en mi interior durante años se despertaran todos a la vez y lucharan con furia por dirigirse desde mi estómago hasta mi boca con el fin de ser expulsados de mi cuerpo a modo de vómito (ahora, con los años, sé que sufrí un ataque de ansiedad). Salí del baño y cogí un periódico que había encima del sofá, busqué la página de contactos, memoricé un teléfono y me dirigí hacia el recibidor como si fuera sonámbulo. Cerré la puerta que separaba la diminuta estancia del no menos diminuto comedor, cogí el auricular y marqué el número memorizado.

—¿Frank? —pronuncié con voz apenas audible.

—Sí, soy yo.

—Mira, es que te llamaba para ver si podía quedar contigo ahora.

—Claro, ningún problema.

Los monstruos fueron calmándose poco a poco. Entendí en su voz cierto matiz de colegueo, o quizá Frank estuviera acostumbrado a que lo llamasen primerizos y se le diera bien tranquilizarlos.

—¿Cuánto cobras?

—Son cinco mil pesetas. Mira, te paso la dirección y espero como máximo una hora. Si no, me piro.

—Vale, vale, no te preocupes, que ya salgo para allá.

El primer problema ya estaba resuelto. Sólo faltaba salir de casa sin que mi padre se mosqueara excesivamente, aunque llegados a aquel punto me daba igual cómo se pusiera. Estaba dispuesto a follar con un tío de una puta vez aunque tuviera que soportar un mes de caras largas.

—Acabo de hablar con una amiga de la facultad que me he encontrado al salir del teatro y me ha invitado a una fiesta que va a hacer ahora en su casa.

Mi padre, que estaba viendo la tele, miró a mi madre y frunció el morro. Mal vamos, pensé yo.

—¿Vas a salir de casa a estas horas?

—Bueno, tampoco es muy tarde.

—No me gusta que vayas a esas fiestas. Seguro que hay cocaína.

Flipé. Jamás había escuchado a mi padre pronunciar el nombre de aquella droga. Me quedé sin respuesta y él interpretó por mi silencio que yo hacía oídos sordos a su recomendación.

—Haz lo que quieras —sentenció.

Y lo hice. Salí de casa, pillé un taxi y a la media hora ya estaba en casa de Frank. Era un chico alto, delgado y muy amable que me recibió con vaqueros, camiseta blanca y botas. «Antes de» hablamos muy poco, porque en seguida me abalancé sobre él: nos desnudamos sin ceremonias, alcancé a darle tres o cuatro besos, lamí menos de dos minutos un sexo que no terminaba de ponerse duro y al juntar su rabo con el mío me corrí. Aquella fue mi primera experiencia sexual con un hombre y todavía hoy le agradezco que no me echara nada más terminar su servicio: me vio tan torpe que tuvo la delicadeza de dedicarme unos minutos de conversación en los que me puse al tanto de los bares por los que se movía la gente como yo.

Al entrar de nuevo en casa me sobresaltó la voz de mi padre:

—¿Eres tú, Jorge?

—Sí, ya estoy aquí. Duerme tranquilo.

Poco podía imaginar que el que no iba a dormir tranquilo durante los siguientes siete años era yo. Frank me había contagiado el sida.

3

LA LEY DEL DESEO

Madrid también era para mí *La ley del deseo* de Almodóvar. Tendría yo unos diecinueve años cuando mi tía Carmen, hermana de mi padre, me llevó a ver esa película a una sesión golfa en un cine del Eixample. Mi tía es veinte años mayor que yo, y para la sociedad era lo que por aquella época se conocía como una solterona. Vivió con su madre, mi abuela, hasta que ella falleció, y a los ojos de la gente llevaba una vida digna de lástima: se levantaba a las cinco de la mañana para ir a trabajar a un laboratorio farmacéutico al que tardaba en llegar un cuarto de hora, y a las cinco de la tarde volvía a casa y se enfrascaba en la lectura de unos libros que cuando yo era más pequeño me parecían extrañísimos, porque no reconocía títulos ni autores. Acostumbrado a que en las estanterías de mi casa sólo hubiera ejemplares populares basados en películas de éxito y comprados a través del Círculo de Lectores, o los bestsellers que de vez en cuando regalaba La Caixa, la biblioteca de mi tía era para mí un elemento discordante dentro de nuestro universo en apariencia ordenado, porque en ella Kafka convivía con Tagore, y Sánchez Ferlosio con Ignacio Aldecoa, aunque siempre que iba a su casa acababa entre mis manos un ejemplar de las *Obras completas* de García Lorca: como conocía su vida, intentaba encontrar en sus textos elementos que me ayudaran a no sentirme tan solo.

Viernes por la tarde. Suena el teléfono en casa. Mis padres y yo estamos viendo la tele y comiendo pipas.

—Coge el teléfono —me ordena mi padre con un tono de voz que no admite réplica.

Me levanto de la silla dejando bien patente mi desgana, probablemente con un ruidoso chasquido de la lengua o un bufido.

—¿Diga?

Es mi tía.

—Nene, ¿te vienes esta noche al cine a Barcelona?

—¿Qué vamos a ver? —pregunté sin necesidad de obtener respuesta porque, como cualquier otro viernes, no tenía plan y estaba decidido a apuntarme a lo que se me propusiera.

—*La ley del deseo.*

—Vale.

Dije «Vale» cuando en realidad debería haber pegado un grito de entusiasmo, pero como advertí que mi padre me estaba observando intenté que mis palabras no denotaran excesiva euforia. Él, por principio, se oponía a que hiciéramos algo que nos produjera satisfacción o una mínima sensación de alegría sin esfuerzo. Era de aquellos que consideraban que la vida era un valle de lágrimas, de ahí que el placer debiera llegar siempre y únicamente después de haber experimentado la correspondiente dosis de sufrimiento. Borro la palabra «placer» y la sustituyo por «tranquilidad». En mi casa, el placer siempre estuvo asociado al sexo oscuro y chillón, a los gemidos calientes de gente desaforada.

—Me voy a Barcelona al cine, con la tía.

—¿Por qué no sales con gente de tu edad?

Comenzaba el suplicio —¡y eso que me iba con su hermana!—. Pero no debía perder los estribos. Estaba acostumbrado al «no», sabía que tenía que comerme las ganas de mandarlo a la mierda, aguantar el tirón. Me sentía capaz de conseguirlo, porque llevaba entrenando para soportar sus envites desde que tenía uso de razón.

—Es que los viernes no salen...

—Pues ponte a estudiar.

Apareció la frase mágica. Él arreglaba invariablemente las lagunas de mi tiempo libre invitándome a hincar los codos.

—Todavía no tengo exámenes.

—Pues repasa. —Menos mal que a esa edad ya no me decía la otra frase a la que recurría cuando pensaba que me aburría: «Pues coge un martillo y date en las rodillas». Debía de deducir que el no hacerlo me produciría alegría y entonces el aburrimiento desaparecería inmediatamente. Filosofía de posguerra en estado puro.

Mi madre no intervenía porque sabía cómo acababan aquellos partidos de tenis dialécticos en los que nos enzarzábamos tan a menudo: él seguiría refunfuñando hasta que yo cerrara la puerta de casa y entonces le preguntaría a mi madre, con voz no exenta de pena, por su incapacidad para domar a su hijo y, a continuación, un «¿Qué hay de cena?».

Hasta que comenzó *La ley del deseo* tuvimos que tragarnos un tostonazo —o al menos así me lo pareció a mí— en blanco y negro basado en la vida de Freud. Yo me revolvía en el asiento porque me reconcomían las ganas de que comenzara aquella película de la que tanto había oído hablar y en la que se hablaba sin tapujos de amor y sexo entre tíos. ¿Dónde se había visto aquello antes? Mi tía aguantaba con la mirada fija en la pantalla no porque estuviera interesada en lo que le contaban, sino porque previamente le había dado varias caladas a un canuto de proporciones considerables. Antes de entrar en el cine me ofreció compartir el porro con ella, lo hacía desde que yo había cumplido quince años, pero en aquella ocasión pasé. No quería correr el riesgo de quedarme dormido en el cine. Aquella noche no.

Por fin acabó *Freud* y comenzó la de Almodóvar. En la primera escena aparecía un tío joven que, siguiendo las órdenes de una voz masculina en *off*, comenzaba a despelotarse y acababa haciéndose una paja. La cosa no podía comenzar mejor. Intenté controlar la respiración para disimular la excitación que me había producido la escena. Me habría gustado desahogarme con mi tía, pero todavía no había alcanzado tal grado de confianza en mí mismo como para hablarle de aquel tema con franqueza. Yo sabía que ella lo intuía, porque era de las pocas que no me preguntaba cuándo me iba a echar novia; sin embargo, aún no me sentía con fuerzas para revelarle mi secreto. En cualquier caso no hacía falta: nuestros silencios estaban repletos de sobreentendidos.

Mi pasión por Madrid se acabó de forjar aquella noche: quería bailar en esas discotecas repletas de gente sudada que aparecían en la película, pasear después de la caída de la tarde por la Gran Vía y cruzarme en la oscuridad con miradas ávidas de contacto, toparme de madrugada con unos barrenderos y pedirles a gritos que me regaran, desayunar en un VIPS de Princesa con un tío que muriera por mí y que luego me llevara a su casa para follar sin parar hasta corrernos escuchando a Los Panchos.

Cuando acabó la película tardé unos minutos en poder levantarme del asiento. Quizá mi tía pensase que había llegado el momento de que yo vomitara todo lo que llevaba callando desde hacía tiempo y comenzara a destruir el muro emocional que había empezado a construir el día que me di cuenta de que no era como los demás. Pero no. Me limité a decir:

—Qué bien actúa Carmen Maura.

Me propuso tomar algo antes de volver a Badalona, pero yo estaba deseando volver a casa para recordar los polvos que habían echado Antonio Banderas y Eusebio Poncela. Y, sobre todo, necesitaba quitarme de encima el calentón que me había provocado la película.

Y entonces, seis años después, allí estaba yo, en Madrid, dispuesto a experimentar todo lo que habían vivido los protagonistas de la de Almodóvar. Me lancé a la calle rumbo al barrio de Chueca y tuve que atravesar la plaza de Isabel II, subir por la calle Arenal hasta Sol, de ahí a la Red de San Luis pasando por Montera, confundiéndome entre la gente sin pensar nada en especial, porque bastante tenía con entretenerme con la visión de los edificios, sonriendo al pasar por delante de la conocida discoteca Joy Eslava, sorprendiéndome de que hubiese una plaza que se llamara Callao, disfrutando con los enormes carteles que anunciaban las películas que se exhibían en los cines de la Gran Vía y fantaseando con algunos de los nombres de los establecimientos. ¿Cómo no iba a parecerme especial que unos cines se llamaran Palacio de la Prensa?

Hasta que por fin llegué a mi destino. Paseé por las aceras de Chueca con estudiada lentitud, sintiéndome afortunado de poder aprovechar una oportunidad semejante. No existía resquicio alguno por donde pudiera colarse la duda: había hecho lo correcto largándome de mi ciudad natal. Estaba empezando a descubrir que existía placer fuera del sexo.

Cuando el cielo comenzó a oscurecerse el barrio se dispuso a cobrar vida. Todo me llamaba la atención porque todo me parecía de una antigüedad hasta entonces desconocida: los edificios se me antojaban desvencijados, las escaleras oscuras, los comercios me recordaban a muchos de los que había visto en las películas españolas en blanco y negro. Y los cafés. Me emocionaba saber que esa ciudad acogía los cafés que tantas veces aparecían en todas aquellas novelas que había devorado: el Gijón, el Comercial, el Varela, el Lyon.

¿Y la gente? Mucho más cordial que en Barcelona, adónde iba a parar. Menos envarada. Más accesible. No me sentí extraño entrando solo en un bar porque era algo que llevaba haciendo mucho tiempo, pero en Madrid aprendí muy pronto que los bares ofrecían más calor de hogar que las propias casas. Me tomé la primera caña en un café que estaba muy animado. Había varias mesas ocupadas por grupos de tíos con ganas de juerga, mientras que la barra y las paredes estaban reservadas para que se apoyaran en ellas los que llegaban tan solos como yo.

No buscábamos conversación. Es decir: no buscábamos «sólo» conversación. Los que nos lanzábamos a la calle en soledad teníamos muy claro que nuestro fin último era follar, así que no nos interesaban los típicos encuentros que se producen con el fin de pasar el rato y buscábamos charlas insinuantes que nos permitieran iniciar un juego de seducción cuyo fin último sería la cama. No había que ponerse nervioso: el café era un primer paso, si no surgía nada podría intentarse en la discoteca, y si en la discoteca la cosa no acababa de pintar bien, siempre quedaba el recurso del cuarto oscuro y, en última instancia, la sauna.

No pasó nada en el café. Vaya. Pregunté en la barra por la discoteca a la que se iba luego y me mandaron a una que estaba al lado de la plaza de Benavente; Refugio, se llamaba. Era fea, como la mayoría de las discotecas de ambiente de la época, con un absurdo gotelé marrón claro que le daba el aspecto de una cueva siniestra, dos barras de bar y unos barrotes que servían para separar la zona de baile de unos asquerosos sofás, repletos de quemaduras de cigarros y receptores de fluidos de diversa índole, estratégicamente situados en las zonas menos iluminadas.

Como no había nadie que me gustara, me bebí un gin-tonic. Después, como no había nadie que se me acercara, me bebí el segundo. Comenzaba a estar borracho, pero no lo suficiente como para insinuarme a alguno de los tíos que rondaban por la discoteca, así que me tomé un tercero y me puse a ligar con resultados infructuosos. Me coloqué en la esquina de una de las barras e intenté entablar conversación con cualquiera mínimamente follable que se acercara a pedir una copa. Lanzaba el anzuelo a tíos algo mayores porque pensaba que irían tan salidos como yo y querrían resolver lo antes posible, pero se largaban en cuanto abría la boca, pues mis palabras comenzaban a fluir ya con dificultad. Pedí otro gin-tonic con la intención de eliminar de mi mente cualquier atisbo de lucidez: necesitaba sentirme perdido, sucio y malo para reunir las fuerzas suficientes, meterme en un cuarto oscuro y correrme a manos de un desconocido. Al fin y al cabo aquello era lo que llevaba haciendo desde que Joan comenzara a sacarme de marcha por Barcelona.

Antes de que me decidiera a repetir esquemas me sobrevino un bajón tremendo. Demasiadas emociones a lo largo del día: el viaje a Madrid, el inesperado encontronazo con un huésped imprevisto en el que ya era mi piso de alquiler, los paseos por la ciudad... El alcohol tampoco ayudó a serenar los ánimos.

Decidí volver a casa con la misma sensación de derrota que cuando regresaba a casa de mis padres sin haber ligado. Me desperté pasadas las doce del mediodía del domingo. Con resaca, claro. Acudir al día siguiente a la redacción de *Pronto* en Madrid se me hacía un mundo, así que pasé el resto del día encerrado en casa preguntándome quién coño me pensaba que era para ganarme la vida trabajando en una profesión tan envidiable como la de cronista del faranduleo. Las profecías de mi padre cobraban fuerza. Y comencé a tomar conciencia de que *La ley del deseo* no era más que una película.

4

ÉL SE CREE QUE NO

Él se cree que no lo entiendo, pero vaya si lo entiendo. ¿Cómo no voy a entenderlo?

Vamos a ver, si un jefe te ofrece doscientas mil pesetas para probar suerte en una ciudad como Madrid y encima te asegura que va a encargarte un montón de trabajo para que puedas no ya llegar a fin de mes, sino prosperar en tu carrera, ¿quién en su sano juicio rechazaría algo así? Pues alguien como yo, para qué vamos a engañarnos. Yo, que siempre he sido un cobarde, un triste, un *cagao*, un miedica, malditos padres me tocaron en suerte, tan cenizos, menos mal que apareció mi mujer y me sacó de aquella casa tan lúgubre. Mi Mari. Me gustaría decirle que aunque hace poco más de un cuarto de hora que acabamos de dejarlo en el aeropuerto yo también lo echo ya de menos, pero sé que si hago la más mínima referencia a nuestro hijo se va a poner a llorar, yo tampoco seré capaz de reprimir el llanto y llegaremos a Badalona como si acabásemos de asistir a un funeral. Por eso prefiero dejar que siga contemplando el paisaje a través de la ventanilla del coche. «¡Ay, Mari!», me gustaría decirle. Por fin solos en esa mierda de piso que tenemos, aunque vete tú a saber si ahora no se nos van a quedar grandes esos cincuenta metros cuadrados. Con la de veces que he echado pestes del barrio, del bloque, de ese octavo tercera, y ahora daría lo que fuera porque nuestros tres hijos siguieran viviendo con nosotros. «¡Ay, Mari!». Me siento tan mayor a mis cincuenta y cinco años y tengo tantos miedos, tanto cabreo conmigo mismo por no haber sido de otra forma, por ser tan incapaz de echarle alegría a cualquier asunto... Menos mal que estás a mi lado, aunque ya sabes que tampoco sirvo para contar lo que siento, porque para mi padre eso no era cosa de hombres y nunca me enseñó a hacerlo. A los hombres tenían que gustarles los toros. Harto acabé de tener que acompañarlo a La Monumental domingo tras domingo y de escuchar que a aquel no había que tenerlo en cuenta porque toreaba con el pico de la muleta y que después de Antonio Ordóñez, la nada.

—Mari, esta tarde podemos ir al cine, pero no en Badalona. En Barcelona si quieres, a ver una de estreno.

—Ya veremos. No sé..., no tengo ganas. Estoy triste. Sólo tiene veinticinco años.

—Tampoco es un crío, Mari, ya tiene pelos en los huevos. Con su edad nosotros teníamos ya una hija de cuatro años.

—Pero para mí sigue siendo mi hijo pequeño. Yo sé que está mal pensarlo, pero casi prefiero que le vayan mal las cosas y vuelva pronto a la casa. No quiero que le hagan daño.

Me habría gustado que hubiese dejado de hablar en aquel momento, porque ya sabía yo por dónde iba, pero no estaba dispuesto a afrontar la conversación que los dos sabíamos que teníamos pendiente desde hacía tanto, al menos no en aquel instante.

Que mi hijo era raro no tenía que venir a contármelo nadie. Y que me había hecho pasar mucha vergüenza delante de mis compañeros de trabajo por culpa de su amaneramiento tampoco. No volví a quedar con ellos los sábados por la mañana porque mientras sus hijos se ponían a jugar al fútbol el mío se pasaba el tiempo hablando con sus hermanas. Al principio me gustaba llevármelo a la fábrica, pero dejé de hacerlo cuando me di cuenta de que no les prestaba atención a los carteles de las tías en pelotas que había colgados en los talleres. Lo hice por mí y también por él, porque notaba que lo pasaba mal cuando alguno de mis compañeros le decía que se fijara en las tetas tan grandes que tenía la guarra del calendario y él apartaba la cara rojo como un tomate.

—¿Te acuerdas de cuando le reñías porque antes de que te fueras a trabajar por la mañana temprano él ya estaba metido en nuestra cama? ¿Qué edad tendría el crío por aquel entonces? ¿Ocho, nueve años? —me preguntó la Mari.

—Sí, una cosa así —respondí con frialdad.

—Yo te daba la razón para que no te cabrearas, aunque a mí me gustaba mucho que lo hiciera. Es una tontería, pero creo que me sentía joven. Oler a crío pequeño hacía que se parara el tiempo.

Sin embargo a mí se me llevaban los demonios cada vez que veía al Jorge pasarse de su habitación a la nuestra, porque no podía soportar la complicidad que tenían la madre y el hijo. Los domingos mi mujer se levantaba pronto, bajaba a comprarme fresas con nata a una churrería ambulante que instalaban cerca de casa y yo me quedaba en la cama esperando. Esperando a que el crío viniera, igual que hacía los días de entre semana, cuando el que se levantaba era yo y la que se quedaba en la cama era su madre. Pero él nunca venía a no ser que la Mari lo obligara. Anda que no la he escuchado yo veces decirle en voz baja:

—Venga, Jorge, vete un rato con tu padre.

Y el crío que no, que no quería. Y yo muerto de celos en la cama. Tenía gracia la cosa: toda mi vida suspirando por un hijo y luego va el niño y no se separa de las faldas de su madre. Menuda mierda todo, y menudo fracaso el mío. Ni a nadar aprendió cuando lo apuntamos a la piscina para que no fuera como yo, que vamos a la playa y hasta me da miedo mojarme los pies. Pero, nada, lo tuvimos que borrar a la tercera clase porque se ponía a chillar como una nenaza.

Desde siempre tuve muy claro que mi hijo acabaría siendo médico. O ingeniero. Sus dos hermanas se me escaparon, yo quería que estudiaran pero acabaron haciendo formación profesional, ese sitio donde acaban los fracasados que no se veían capaces de sacar adelante el Bachillerato. Después hicieron corte y confección; no sé para qué, porque luego ni se hacen los bajos de la ropa que se compran. Nada: hacer eso y tocarse los huevos es lo mismo. En fin, son mujeres, tampoco es tan importante que tengan carrera, con que trabajen ya está bien, pero, vamos, que mi hijo no iba a acabar haciendo formación profesional lo sabía hasta mi padre.

Lo llevamos a un colegio privado para hacer la EGB y luego lo metimos a hacer el Bachillerato y el COU en uno del Opus Dei. Tenía claro que por mucho que tuviera que sacrificarme no iba a dejarlo ir al instituto del barrio, porque seguro que allí me lo habrían mangoneado. Sacó los dos primeros cursos de BUP sin dificultad, pero el día que me dijo que en tercero iba a matricularse en letras puras me dieron ganas de pegarle tres hostias. Le pregunté para qué coño iban a servirle el latín y el griego, que se equivocaba, que tenía que hacer una carrera técnica porque ahí era donde estaba el futuro, pero no me hizo caso y envió a tomar por culo mis sueños. Me cabreé conmigo mismo por imbécil, por no querer darme cuenta de lo que tenía delante, porque desde el episodio de las agujas yo ya me tendría que haber empezado a preparar, pero me engañé e intenté borrarlo, como tantos otros, no quise ver lo que tenía delante. Joder, ¿por qué me tenía que haber tocado a mí?

Tendría el crío diez años. Una tarde llegué a la casa antes de lo previsto porque no me encontraba muy católico. Nunca he sido de los que se escaquean del trabajo y mucho tenía que dolerme la cabeza para que me largara antes de mi hora, así que al abrir la puerta del maldito octavo tercera los sorprendí a todos.

—Tu padre, corre, guarda las agujas —oí decir a mi mujer en susurros.

Pero no le dio tiempo. Pillé al Jorge a punto de entrar en su habitación con dos agujas de tejer en la mano y algo que podía parecerse a una bufanda.

—¿Qué coño es eso? —pregunté a la Mari sin dejar de mirar a mi hijo con odio, con rabia, casi con asco.

El crío se quedó inmóvil y fui hacia él con ganas de partirle la cara. Teniendo en cuenta las raquíticas dimensiones del comedor, me bastaron cuatro pasos para plantarme delante del crío, pero durante los dos segundos que duró el recorrido se me pasaron por la cabeza mil y una maneras de humillarlo, porque lo que no iba a consentir es que el mierda de niño aquel se me hiciera mariquita. A saber la bronca que me echaría mi padre y el cachondeo de mis amigos. Al levantar el brazo para cruzarle la cara me di cuenta de que se le empezaban a mojar los pantalones. Se estaba meando de miedo. Y bajé la mano. Me dieron ganas de abrazarlo, de decirle que no pasaba nada, de estrujarlo con fuerza, de comérmelo a besos... Pero era consciente de que, si daba aquel paso, todo estaría perdido.

—¡A tu habitación!

Cuando cerró la puerta busqué la mirada de mi mujer. Estaba llorando.

—La culpa la tienes tú —le vomité con toda la mala leche que fui capaz de sacar—. La culpa la tienes tú por tenerlo todo el día aquí metido y no obligarlo a que baje a jugar a la calle como hacen todos los demás críos del bloque.

—Es que a veces le pegan —balbuceó—. Y le insultan. Cuando le pregunto qué le dicen no me lo quiere contar. Pero ¿qué te crees, que yo soy sorda?

Y de repente dejó de llorar y se le transformó el rostro. Y me acojoné. Porque me plantó cara.

—Y no me da la gana. ¿Te enteras? No me da la gana de que lo pase mal, y estoy harta de que tengan que bajar sus hermanas a defenderle porque lo que me gustaría sería bajar yo misma y coger a los críos que se meten con mi hijo y estamparlos contra la pared. Pero no puedo, porque entonces bajarían sus madres y se armaría la de San Quintín, acabaríamos tirándonos de los pelos y encima tendría que aguantar una bronca de las tuyas por dar un espectáculo.

No supe qué decirle. Rompía el silencio la respiración entrecortada del crío en su cuarto, al que adivinaba luchando con todas sus fuerzas para que no lo oyéramos llorar. La Mari continuó:

—La señorita Montserrat me llamó para preguntarme si nos molestaría que el Jorge tejiera en la clase de trabajos manuales. Y cómo iba a molestarme si fui yo la que lo enseñé. Un día que estaba aburrido en casa, porque, como siempre, no quería bajar a jugar a la calle, le di dos agujas y empezó a practicar. Y no sabes lo bien que se le da. ¿Qué te piensas, que los sobresalientes en manualidades los saca dibujando? Pues no, hijo. No. Los saca tejiendo: punto redondo, punto de cruz, lo que le echen. Y no sabes la compañía que me hace: mientras yo zurzo, él se pone a mi lado dale que te pego y aunque no hablemos se me pasa el trabajo volando.

—¿Qué hay de cena?

—Pues hoy bocadillo, porque cuando acabe la camisa tengo que ponerme a zurcir unos pantalones que tengo que entregar mañana por la mañana.

Cuando la Mari ponía los cojones sobre la mesa no había quien se enfrentara a ella.

—¿Me preparas la toalla, que voy a darme una ducha?

Después de lo de las agujas pasaron más cosas. Lo de Porcia, lo de Pavlovsky... Situaciones que fueron colmando el depósito de mi decepción y que dinamitaron el proyecto de vida que tenía preparado para mi único hijo varón. Y hoy se ha ido y lo entiendo.

Cómo no lo voy a entender. La de veces que habrá tenido que comerse las ganas de mandarme a la mierda; la de veces que me ha entrado el impulso de decirle que entendía que se largara, que me habría gustado ser otra clase de padre... Pero incluso hoy he sido incapaz de meterme en su habitación mientras cerraba la maleta y darle un abrazo *chillao* de esos que les pido a mis nietos. Fuera, no quiero pensar en eso ahora, sé que la Mari está mirándome por el rabillo del ojo porque hace tiempo que no hablo.

—Mejor nos quedamos esta tarde en la casa y vemos qué ponen en la tele, ¿no? —le digo procurando que no me tiemble la voz.

Joder, lo que me ha costado acabar la frase sin llorar. Y la Mari lo ha notado, por eso se ríe, a ver si te crees tú que es tonta.

—Y si no echan nada, nos ponemos una porno.

Intento reírme, pero al final reviento y empiezo a llorar y no puedo parar. Hasta me salen hipidos.

—Jorge, para el coche, anda, que nos la vamos a pegar.

Cumplo su orden sin rechistar. Paro en un lateral de la autopista y me derrumbo. Porque tendría que haber reunido el valor para contarle a mi hijo que de lo suyo se podía salir, y tenía que hacerlo porque si no las iba a pasar más putas que Caín, tenía que ser fuerte y luchar por no ir por aquel camino, que iba a acabar siendo un amargado el resto de su vida y eso yo no lo quería para él. Joder, me cago en la puta. Me habría gustado contarle tantas cosas antes de que se marchara...

5

DE OÍDAS

Cuando estaba en segundo de carrera me largué un verano a estudiar a Londres. A la vuelta, mientras desayunaba en el bar entre clase y clase, pretendí epatar a una compañera:

—Pues yo en agosto estuve en Londres aprendiendo inglés. Una ciudad fantástica, muy interesante, cosmopolita, ya sabes. ¿La conoces?

Mi compañera, tan de barrio como yo, me quitó la tontería de encima con sólo dos palabras:

—De oídas.

Yo también conocía Madrid de oídas, pero aquello no impidió que la amara antes de vivir en ella. Conocía la ciudad a través de Carmen Martín Gaite, Almudena Grandes, series de televisión como *Anillos de oro* o las crónicas de Carmen Rigalt. Gracias a esta última sabía al dedillo quién era quién en la sociedad madrileña y dónde se divertía cada tribu: la *beautiful* en El Portón, los modernos en Archy y los bohemios —si es que en los noventa quedaba alguno— en Malasaña, mientras que la discoteca Joy Eslava acogía a los cachorros de la *jet.* Al igual que Don Quijote con los libros de caballerías, yo devoraba todo lo que la Rigalt escribiera o contase en televisión, porque desvelaba lo que no ofrecían las revistas tradicionales: la cara B de la historia. Incluso llegué a escribirle contándole lo mucho que la admiraba —más que admirador, era fanático—, pero jamás obtuve respuesta. De ella me atraía que, siendo cronista de un mundo aparentemente tan fascinante como el rosa, no se dejara deslumbrar por él, que no tuviera relación con los personajes de los que hablaba, que no chalaneara con ellos, que no sucumbiera cuando pretendían comprarla halagando su vanidad. Me atraía, en fin, su lucidez, y la incapacidad, que algunos de sus artículos dejaban entrever, para enfrentarse a los aspectos más prosaicos de la vida cotidiana. Además, se tomaba la molestia de escribir bien. Sin embargo, si bien de ella aprendí el aquí y ahora, fue la revista *Lecturas* —que entraba en casa desde que yo tenía uso de razón— la que me proporcionó un bagaje que me sirvió para destacar muy pronto entre mis compañeros de profesión.

La compraba mi madre, y en cuanto aparecía con ella por la puerta había tortas por ser el primero en leerla, y mi hermana Esther y yo le rogábamos que no nos adelantara nada de lo que traía, pero, aunque lo intentara, mi madre era incapaz de guardar silencio: ya le había echado un vistazo en el autobús y no podía reprimir comentarios como «se ha separado tal actriz», «este presentador tiene otra novia» o «se ha muerto el actor que tanto le gustaba a tu padre».

Una vez que ella depositaba la revista sobre la mesa del comedor se iniciaba la liturgia: el que la cogiera primero sólo tenía derecho a echarle un vistazo rápido, titulares y fotografías, sin leerla en profundidad, para no retenerla demasiado tiempo y privar de ella a los demás. Aquel era el precio que había que pagar por ser el primero en enterarse de los devaneos sentimentales que recogían sus páginas. El siguiente podía demorarse un poquito más en cada reportaje, pero, sin exagerar, porque para leerla de cabo a rabo —que era lo que hacíamos todos los miembros de la familia— teníamos el resto de la semana por delante. El ejemplar iniciaba así un peregrinaje que lo llevaba a recorrer todas las estancias de la casa excepto la cocina: acompañaba a padres y hermanos al váter, a veces descansaba en el diminuto recibidor y la repasábamos mientras hablábamos por teléfono e incluso solía hacer noche en alguna de las tres habitaciones del piso. El día antes de que apareciese el siguiente número, y siempre que tuviéramos ganas de cachondeo —las más de las veces—, jugábamos con ella a los recortables: al cuerpo de Rocío Jurado podíamos ponerle la cara de Paquirrín o a la inversa, y así con casi todos los fotografiados. Aquel juego tan idiota nos hacía mucha gracia a mis hermanas, a mi madre y a mí, pero no a mi padre, que consideraba que no había que desperdiciar el pegamento de aquella manera.

Por lo tanto, podría decirse que la Rigalt y el *Lecturas* eran mis armas secretas en el mundo de la prensa rosa, las fuentes de mi conocimiento, las que asentaron la base de mi cultura del faranduleo y me prepararon para enfrentarme a aquel universo que, hasta entonces, como Londres, sólo conocía en realidad «de oídas».

Durante los primeros meses que viví en la capital mi existencia navegó entre la fascinación y eso que en catalán llamamos *enlluernament*. El primer encargo que recibí de la central de Barcelona consistió en acudir a la colocación de la primera piedra de una residencia para discapacitados cuya madrina era una folclórica de posguerra que había recuperado su esplendor gracias a un programa de televisión en el que se equivocaba continuamente. No sólo fue la folclórica: también rondaba por ahí la mujer del presidente del Gobierno, la presidenta de la Comunidad, la mujer de un torero ya retirado, el joven presentador del momento y actrices a las que sólo yo —de nuevo y gracias una vez más a *Lecturas*, el auténtico «quién es quién» del famoseo para mí— les ponía nombre. No fallaba: siempre que aparecía un señor o una señora con pinta de haber sido alguien, mis compañeros se me acercaban y yo les adoctrinaba: «Esa fue actriz en los ochenta aunque ahora es conocida porque tuvo un lío con un duque»; «Aquel es un *playboy* que se enrolló con una baronesa»; o «Esta es una tía viuda que dice que tiene mucha pasta pero que está loca por salir en los papeles».

Envalentonado, crecido por mi éxito, hubo veces también en que, tras un intenso repaso al personaje de turno que pasaba en aquel momento ante nosotros a fin de entrar en el acto, cerraba los ojos teatralmente y, ante el corrillo formado por compañeros expectantes, pronunciaba un dictamen demoledor:

—Este no es nadie.

Y entonces pasábamos de hacerle cualquier pregunta chorra o de sacarle alguna fotografía.

Por aquellos tiempos tan cercanos pero que ahora casi nos parecen de la Edad de Piedra, después de los eventos que debía cubrir tenía que acudir a la delegación de *Pronto* en Madrid para escribir allí los textos que me encargaban. Era el modo más inmediato de hacerlo y de que les llegaran a tiempo, pues una vez escritos no había otra manera de mandárselos que por fax o mensajero, lo cual era, además de caro, lento.

La sede de la revista estaba en el quinto piso de un edificio de María de Molina y la persona que estaba al mando de la misma era una señora de mediana edad, bajita, regordeta y con un peinado que sólo puedo calificar de espectacular. A mí, recién llegado a la capital, me parecía en aquel entonces todo un monumento, pero en cuanto me integré más a fondo en la vida y la sociedad madrileña comprendí que se trataba de un peinado típico de algunas señoras del barrio de Salamanca a las que parece que les echan Maizena en el pelo para que adquiera la consistencia de un bizcocho demasiado cargado de levadura. Es cierto, por otra parte, que Juanita —que así se llamaba— me recibió con sonrisas desde un primer momento; pero también es verdad que en aquella oficina me hacía sentir como un intruso. Supongo que pensaría que en Barcelona me habían encargado como tarea adicional que les cotilleara todo lo que se cociese en aquella delegación, así que en cuanto ponía los pies allí se producía un cruce de miradas más que significativo entre ella y su secretaria y el silencio se adueñaba de la sala. Trabajaban en mesas separadas y estaban muy cerca la una de la otra, pero cada vez que tenían que decirse algo, por insulso que fuera, se levantaban y se lo susurraban al oído, y aquel paripé me resultaba tan ridículo y bochornoso que, como consecuencia, decidí pisar lo menos posible aquella oficina. Sin embargo a veces era inevitable tener que hacerlo, y cuando aquello ocurría al menos me desquitaba a mi manera lanzándome con ansia sobre el teléfono y aprovechando para llamar a diestro y siniestro. Me producía especial satisfacción llamar desde allí a mi casa y pasarme minutos y minutos hablando con mi madre sin temor a que mi padre se metiera por medio recordando lo caras que eran las conferencias.

Cuando llamaba y se ponía mi madre, lo primero que hacía era decirle:

—Tranquila, que estoy en la oficina.

Y entonces ella se relajaba e invariablemente pronunciaba la expresión «¡Ah, pues que paguen!» o alguna otra semejante.

Con mi padre, en cambio, hablaba poco, pero cuando se ponía advertía en su tono cierto matiz de orgullo porque su hijo podía utilizar en el trabajo un artículo de lujo como era el teléfono sin temor a que le llamaran la atención. Es cierto: ni Juanita ni su acólita me reprendieron jamás por eso, pues ellas hacían lo mismo, pero sí es verdad que se miraban entre ellas cada vez que tenían que pasar alguno de mis textos por módem a Barcelona para que los maquetaran. No soportaban que un catalán como yo —es decir, un extranjero— aterrizara en la capital y la expoliase.

En aquella época los colaboradores cobrábamos por piezas, de modo que cuanto más escribíamos, más ganábamos. Antes de que yo llegara sólo había uno en Madrid, Ernesto de Prieto, que entre la gente de la profesión era conocido como *la Morsa*, porque era alto, gordo, fofo y con un espeso bigote.

Por las mañanas supuestamente trabajaba como funcionario y por las tardes escribía para la revista, pero en realidad se pasaba su trabajo matutino por el forro de los huevos y gastaba el día entero husmeando el rastro de viejas glorias, que eran su especialidad y el motivo por el cual a punto había estado de tener que declarar el tanatorio como segunda vivienda, porque cada mes cascaban alrededor de tres de sus personajes de cabecera. No hay quien me quite de la cabeza que, cuando alguno pasaba demasiado tiempo en el hospital y ya no podía vender más reportajes acerca de su agonía, él mismo se encargaba de desenchufar la máquina que lo mantenía con vida para poder vender el entierro y la posterior entrevista con la desconsolada viuda. Era, en definitiva, un mezquino, y además un cobarde, y lo peor es que yo no podía cantarle las cuarenta porque sólo hablaba mal de mí a mis espaldas y, sin embargo, cuando coincidíamos en la redacción me dedicaba sonrisas y consejos de lo más empalagosos.

La Morsa, para más inri, dividía a las mujeres en putas y estrechas y a los hombres en maricones y folladores, y ese vocabulario podrido venía a indicar que, a su limitado y sucio modo de ver, los tíos de verdad eran los que se dedicaban a follar con tías guarras y los maricones sólo se dejaban dar por culo, algo que para él poco tenía que ver con la idea de echar un polvo *comme il faut.* A mí me incluyó desde el primer momento dentro del grupo de los maricones, por supuesto, y así se lo dijo a unas primas lejanas de Madrid con las que coincidió cubriendo la boda de unos actores de culebrones venidos a menos.

Mis primas se habían plantado delante de la iglesia para ejercer de mironas, y, descubriendo no sé cómo que la Morsa trabajaba en *Pronto* —supongo que al llegar se lo hizo saber a la concurrencia para procurarse un buen sitio—, se acercaron a él con el fin de que me saludara de su parte. *La Morsa* meneó el bigote y comenzó a sudar por la excitación que le producía cometer aquella acción tan canallesca que estaba a punto de llevar a cabo. Cogió aire, sonrió y les comentó a mis primas: «Oye, vuestro primo es un poco raro, ¿no? Parece que no le gustan mucho las... Bueno, ya sabéis... Las mujeres». Así de finas eran sus maneras de proceder.

En cualquier caso, los desplantes de Juanita y las mezquinas artimañas de *la Morsa* no conseguían desanimarme, porque la verdad era que me gustaba tener un trabajo sin horarios fijos. Pero, aunque desde un principio me fue muy bien desde el punto de vista económico, no conseguía relajarme del todo: sencillamente, me parecía imposible que se pudiera ser feliz con tan poco esfuerzo. Me pesaba la herencia emocional de mi padre, y el tipo de gente de la que me rodeaba en Madrid tampoco ayudaba a que se calmaran aquellas punzadas de inquietud. ¿Serían del agrado de mi padre mis amigos Marisol y Antonio? Seguro que no.

Ya he contado que los conocí durante un viaje a Jordania. Yo estaba todavía en la facultad, acabando la carrera, e iba bien de pelas porque me sacaba un buen sueldo colaborando en un semanario local y trabajando los viernes y los sábados reponiendo frutas y verduras en un centro comercial, si bien he de reconocer que desempeñar dos actividades tan dispares a la vez me hizo pasar más de un mal trago; y es que, cuando descubría paseando por el centro comercial a alguna persona que había entrevistado, me escondía tan rápido como podía detrás de los sacos de patatas o de las montañas de pimientos rojos para que no me viera, porque me daba vergüenza, aunque debería haberme dado mucho más apuro no saber construir montañas de limones sin que se me vinieran abajo. Menos mal que un día mi jefe me confesó que no me tenía trabajando allí por mi destreza, sino porque lo entretenía. A partir de entonces me relajé y me limité a hacer lo que podía, que durante aquella época era fundamentalmente comer: las cámaras de fruta estaban al lado de las de la bollería industrial y los viajes al baño con los bolsillos repletos de palmeras de chocolate, donuts y porquerías varias eran constantes. Por culpa de los diez kilos de bollería industrial que me eché en el cuerpo durante el tiempo que me duró aquel trabajo, mis piernas se frotaban con singular insistencia, lo que me llevó a conocer de primera mano las bondades del Halibut para reparar las escoceduras de las ingles.

El caso es que aproveché una Semana Santa que tenía vacaciones y me apunté a un viaje organizado que salía desde Madrid para conocer Jordania.

¿Por qué escogí ese país? Supongo que por barato y porque tenía un nombre que me parecía exótico. Vamos, que no es que muriera por conocer Petra, es más, hasta entonces no sabía de su existencia.

Lo mío con Marisol y Antonio fue amor a primera vista, aunque al principio sentí por ella una profunda lástima. Uno de los primeros días paramos a almorzar en un restaurante y en la mesa oí cómo Antonio decía: «Joder, vamos a todos los sitios con el petardo en el culo, no nos da tiempo ni a picarnos». Al pronunciar la palabra «picarnos» se señaló las venas e inmediatamente clavé la mirada en su mujer. Sentí muchísima pena porque conocía los estragos de la heroína: en mi barrio había caído toda una generación por sobredosis, y en mi casa nadie se había atrevido jamás a hacer una broma sobre la droga, ya que llegamos a conocer muy de cerca sus devastadores efectos a raíz de que no uno, sino muchos vecinos con los que mis hermanas y yo habíamos jugado de pequeños, fueran encontrados muertos, tirados en los bancos, con jeringuillas clavadas en las venas.

Pero Antonio no le daba al caballo, sólo al hachís, y aquella frase perdida que oí en el restaurante no era más que una de las muchas bromas con que manifestaba, luego lo sabría, su negrísimo sentido del humor.

No tengo claro en qué momento nos volvimos inseparables, pero si echo la vista atrás me recuerdo siempre junto a ellos en aquel viaje: charlando los tres mientras recorríamos Petra o durmiendo con ellos en Wadi Rum. Me acuerdo especialmente de una noche en que habíamos salido de excursión. Comenzó a caer la tarde en el desierto y los tres tuvimos claro que no podíamos dejar escapar la oportunidad de pasar la noche en el lugar donde se rodó *Lawrence de Arabia*. Nos pusimos tan pesados que el guía tuvo que claudicar y hacer un par de llamadas, después de las cuales nos llevó a un sitio en el que no crecía ni un matojo y, ante nuestro asombro, a la media hora comenzó a obrarse el milagro: de la nada empezó a aparecer gente que transformó el lugar en un campamento de ensueño. Con cuatro palos levantaron unas jaimas que a mí me parecieron majestuosas, escarbaron en la tierra y comenzaron a sacar botellas de whisky, y al rato apareció más gente con comida e instrumentos musicales. Bebimos y nos pusimos ciegos de porros. Éramos felices porque sí y porque nos sentíamos unos privilegiados. Al despertar, pronuncié una frase que pasó a la posteridad: «¡Anda! Si mi madre viera que hemos pagado por dormir entre cuatro trapajos me daba dos hostias». Y es que lo que por la noche era un palacio digno de *Las mil y una noches*, por el día no pasaba de ser un apaño tan cutre como poco aseado.

A raíz de aquel viaje Marisol me bautizó con el nombre de *Raulito*, uno de los protagonistas de *Garras de astracán*, de Terenci Moix: un gay adolescente tan culto como marisabidillo que iba por la vida pidiendo a gritos que se la metieran. Y con *Raulito* me quedé para los restos.

Marisol y Antonio contribuyeron de manera decisiva a mostrarme un mundo hasta entonces desconocido. Abrieron las puertas de mi mente y comenzaron a desempolvar los absurdos miedos y múltiples complejos que había ido almacenando con el paso de los años. Desde mi llegada a Madrid estrechamos nuestros lazos y empecé a pasar mucho tiempo en su casa de la calle Hortaleza, en pleno barrio de Chueca, un piso que tenía poco que ver con el que había dejado atrás en Badalona.

Me encantaba aquella casa situada en un edificio decimonónico, de techos altos, con paredes lisas pintadas de gris —hasta entonces yo sólo conocía el estucado blanco— y amueblada con piezas rarísimas —*déco*, decían que eran— además de con unas butacas que habían comprado en la India, pieles de cebra en lo que para mí era el recibidor y para ellos el *hall* y cortinas inmensas que parecían telones. Pero lo que más me gustaba era estar con ellos, adoraba pasar la tarde de domingo después del *brunch* —jamás hasta entonces había oído esa palabra— tirado en la terraza tomando el sol y dándole al gin-tonic. Por ella pasaban muchos gays, y quien no lo era no se sorprendía de que otro lo fuera. Se hablaba de sexo con libertad, se podían hacer chistes sobre cuartos oscuros, sobre polvos mal echados, sobre pollas pequeñas que no servían ni para ser chupadas, sobre pollas inmensas que no te cabían en ningún sitio... Vivía tan relajado que desapareció la ansiedad por sumergirme en la noche para encontrar sexo y descubrí un hecho insólito: que la gente podía llegar a ligar durante el día, que los tíos se intercambiaban los teléfonos sin dificultad después de haber cruzado un par de miradas por la calle, que podían quedar aquella misma tarde para tomar unas cañas y que luego ya se encamaban o no. Y que, en el caso de que lo hicieran, follar era una fiesta, o al menos eso se pretendía, y al acabar podías quedar para repetir o te largabas corriendo a la calle para contarles entre risas a tus amigos que habías echado un polvo desastroso en una casa más fea que la madre que la parió. No me pasaba lo que en Barcelona, no tenía que volver a casa de noche, sigiloso, intentando no hacer ruido al entrar y repasando mi aspecto con angustia para borrar cualquier indicio que denotara que había practicado un sexo que me hacía sentir sucio.

Descubrí, en fin, que se podía pillar en sitios que no fueran saunas o cuartos oscuros, lugares donde en la mayoría de los casos una relación nacía ya muerta porque las prisas asesinaban el deseo.

Una de aquellas tardes de domingo sonó el teléfono. Era Silvia, una de las mejores amigas de Marisol y Antonio. Había oído hablar mucho de ella pero jamás la había visto en persona y sólo sabía que había dejado su trabajo para cuidar a un hermano que se estaba muriendo de sida. Fue Marisol la que cogió el teléfono y la conversación fue breve. Al colgar, volvió a la terraza, se sentó en la hamaca y sólo acertó a pronunciar dos palabras:

—Su hermano.

Aquellas dos palabras bastaron para comunicar la noticia de su fallecimiento, y así fue cómo me di cuenta de que el sida no sólo se cargaba a los gays norteamericanos, sino que estaba empezando a matar a gente cercana.

Me vine abajo. Pensé en mis padres, en la vergüenza que tendrían que soportar si yo muriera de esa enfermedad, y sobre todo pensé en mis hermanas, en si serían capaces de hacer por mí lo que había hecho Silvia por su hermano.

Abandoné el piso de la calle Hortaleza porque Marisol y Antonio querían estar al lado de su amiga, y durante el trayecto a casa me pregunté dónde habían estado mis hermanas los últimos años, porque, por mucho que lo intentara, no lograba encontrarlas por ninguna parte.

6

HERMANAS

Cuando yo nací mi hermana Ana tenía diez años y Esther ocho. Supongo que mis primeros años los pasé en la habitación de mis padres, pero muy pronto me trasladaron a dormir con mi hermana Esther en una cama que no llegaría a medir un metro de ancho. Dormimos juntos en aquella cama hasta que yo cumplí ocho años, y nos separaron no porque mis padres consideraran que una adolescente debía tener su propio espacio, sino porque no veían con buenos ojos que un hombre tuviera que compartir sus dominios. La que salió perdiendo con el cambio fue mi hermana Ana, que se vio obligada a recibir a Esther en su diminuta habitación. La reformaron y compraron una cama-nido, la única manera de que el cuarto pudiera respirar un poco, y es que cuando Esther quería desplegar su cama, tanto ella como Ana tenían que entrar de lado porque los bordes pegaban con la puerta, y si Esther se acostaba temprano Ana tenía que pasar por encima de la cama desplegada hasta llegar a la suya, lo que originaba frecuentes quejas, puesto que la torpeza ha sido una peculiaridad inherente a mi hermana mayor desde siempre. Así, cuando Esther no sufría un pisotón recibía un manotazo, porque Ana era incapaz de llegar a su cama sin repartir golpes.

De ese modo, a los ocho años comenzó a forjarse mi poder sobre el piso: ya tenía habitación propia. Me costó adaptarme, pues me lo había pasado muy bien durmiendo con mi hermana. Recuerdo que todos los viernes compraba chucherías y cuando nos íbamos a dormir nos metíamos debajo de las sábanas y comenzaba lo que mi hermana llamaba «la fiesta». Sí que es cierto que dividía la mercancía, pero las reparticiones se hacían de una manera muy poco equitativa: a mí me daba poquito y ella se quedaba con la mayor parte del botín. Cuando le preguntaba el porqué —a media voz, para que no nos descubrieran— me explicaba que teníamos que guardar para los demás invitados. Siempre el mismo cuento, semana tras semana. Como yo era siempre el primero en quedarme dormido, mi hermana me contaba al día siguiente que se había quedado sin caramelos porque se había presentado un montón de gente a la fiesta. Y yo me tragaba la bola sin pestañear. Mi ingenuidad no conocía límites.

¿Era un niño ingenuo? Sí, lo era.

¿Solitario? Probablemente más que otros.

¿Sensible? También.

Pero fundamentalmente yo era el marica. Lo fui en el bloque donde me crié, en la escuela donde estudié EGB, en el colegio del Opus Dei donde me saqué el BUP y el COU y en la facultad en la que me licencié en Filología Hispánica.

Vivíamos en San Roque, uno de los barrios con peor fama de Badalona. A los que no eran de la zona les daba miedo porque había muchos gitanos, pero la verdad es que jamás se produjeron enfrentamientos serios. Mientras estuve allí no me pareció un barrio feo, aunque los bloques que lo poblaban eran espantosos, levantados sin ningún tipo de miramiento en una época —los sesenta— en la que todo valía. El mío tenía ocho alturas y tres pisos por rellano. Mi casa era el octavo tercera, cincuenta metros cuadrados divididos en recibidor, comedor, tres habitaciones, baño, cocina y balcón. Mi madre recuerda que pagaron por él 2.500 pesetas, no más de veinte euros, porque lo subvencionaba el Ayuntamiento o algo así.

Éramos cinco y no recuerdo que nos quejásemos de la falta de espacio porque nos apañábamos muy bien: hasta doce personas llegamos a comer con la mesa desplegada, una proeza. Y la mesa desplegada se convirtió desde el primer momento en un escenario multiuso: comíamos, jugábamos a las cartas y llevábamos a cabo diversos trabajos relacionados con la economía sumergida. En mi casa hemos ensobrado papeletas para elecciones, hemos empaquetado perfumes, hemos metido horrorosas muñecas en bolsas de celofán que hacían un ruido infernal... A mis ocho, a mis diez, a mis doce años, siempre que se presentaba la oportunidad prefería trabajar en casa a bajar a la calle a jugar, porque al juntarme con los vecinos del bloque siempre corría el riesgo de que en medio de una de aquellas peleas tan usuales entre los críos apareciera la palabra «marica».

No recuerdo cuándo la oí por primera vez, he convivido con ella desde que tengo uso de razón, y he convivido también con el miedo que me producía imaginar que mis padres se enterasen de que en la calle me llamaban así. Porque lo peor era que para luchar contra aquel miedo no tenía ningún tipo de arma, iniciaba la batalla ya vencido porque cuando me llamaban marica no mentían. Era verdad, me gustaban los niños. Y desde muy pequeño eran ellos y no ellas los que aparecían en mis ensoñaciones eróticas, aunque intentaba eliminar aquellos pensamientos de mi cabeza porque eran malos, porque ser marica era algo tan terrible que cuando algún niño te insultaba utilizando aquella palabra lo hacía muy bajito, sabiendo que daba donde más dolía y también que corría un grave peligro, porque llamar a alguien marica podía significar que el padre del niño afectado bajara y te diera un par de hostias, y entonces podía bajar también a la calle el padre del niño que había proferido el insulto y liarse a hostias con el otro padre, porque en aquel tiempo y en aquel barrio la gente se enzarzaba con una facilidad pasmosa: ellos se liaban a puñetazos y ellas practicaban con especial virtuosismo el ancestral arte de tirarse de los pelos. Anda que no hemos presenciado mis vecinos y yo peleas; nos dábamos codazos para estar lo más cerca posible de los contendientes y nos daba rabia que alguien interviniera para separarlos, ya que contemplábamos una pelea con la misma naturalidad con la que veíamos un capítulo de dibujos animados por televisión. Así como en la arena de Verona se representa *Tosca*, nosotros asistíamos a toscas representaciones en un escenario inigualable: bloques de ocho alturas repletos de ropa tendida y vecinos convertidos en participativos espectadores.

En fin, que era verdad. Que me atraían los niños aunque era con ellas con quienes me gustaba estar, y probarme blusas de mis hermanas, y hacer como que llevaba bolso, y cuando me quedaba solo en casa coger las pinturas de mi madre y ponerme como una puerta. Hasta que un día me pilló y, aunque fue incapaz de decirme nada, a mí se me cayó la cara de vergüenza. Y luego apareció una de mis hermanas y en vez de quitarle importancia al asunto avivó el fuego contándole a mi madre que alguna de las veces que me había llevado al colegio había visto restos de maquillaje en mi piel.

¿Qué tendría yo? ¿Once años? Mis hermanas estaban ya en la veintena, ¿no podrían haberme echado un cable o procurado tapar aquella clase de actuaciones? Porque si yo las llevaba a cabo a escondidas sería por algo. ¿Se acercaron a mí e intentaron en algún momento saber por qué era tan solitario?

Que yo recuerde, no.

Así como en mi bloque estaban el borracho o el drogadicto, yo era el marica. Quizá se nos tratara a todos por igual, con cierto toque de conmiseración. Qué le íbamos a hacer, la vida no nos había sonreído. Sin embargo, sería injusto decir que tuve una infancia infeliz. Recibí mucha ayuda de las niñas del bloque, que se enfrentaban a los niños cuando se metían conmigo y me ofrecían refugio siempre que lo necesitaba. Me adoptaron como a uno más de su grupo y al final los niños no se cebaban conmigo, pues consideraban que era más débil que ellos y, eso sí, meterse con gente inferior siempre estuvo muy mal visto en el barrio, era de cobardes, del mismo modo que tampoco aceptaban bajo ningún concepto que apareciera alguien ajeno a nuestro universo y me insultara. Eso jamás se consentía porque nuestro bloque era una tribu, y los miembros de una tribu pueden pelearse entre ellos, pero hacen piña contra los que vienen de fuera a desestabilizarla. Bastante pena tenían los vecinos de mi edad con que hubiera un marica en el bloque, alguien con una discapacidad tan vergonzante que no podía ser utilizado para la lucha contra los vecinos de otros bloques. Era como pretender que un paralítico formara parte de un ejército cualificado, pero al menos no consentían que nadie de fuera se riera del lisiado. Faltaría más.

La camaradería entre vecinos se trasladaba de padres a hijos. La mayoría de nosotros éramos hijos de padres desarraigados que convirtieron cada uno de aquellos pisos de cincuenta metros cuadrados en su propio pueblo. Los que vivían en San Roque rara vez salían del barrio, porque San Roque era para ellos su particular estación Termini, el fin de trayecto.

Y aquella era, precisamente, una de las máximas obsesiones de mi padre: salir del barrio. Pero si lo anhelaba no era porque se considerase superior, sino porque él había nacido en Badalona —sus padres, murcianos, habían llegado a la ciudad siendo muy jóvenes— y vivir en San Roque significaba un retroceso. Entendía que lo lógico en su evolución hubiera sido vivir más cerca del centro en vez de en la cruda periferia. Por eso no quiso que yo fuera al colegio público ni al instituto del barrio, porque consideraba que tenía que hacer todo lo posible para que yo ascendiera o, al menos, recuperara el puesto que por derecho me pertenecía, el de ser de la ciudad, formar parte de ella sin que jamás tuviera la sensación de que existía un mundo mejor al que por nacimiento no podía acceder.

Pese a todos sus esfuerzos por que yo saliera de allí, en el colegio donde hice la EGB, cercano al centro de la ciudad, me sucedió lo mismo que en el barrio.

Era un colegio muy pequeño, muy familiar, sólo había un grupo por curso, así que tuve los mismos compañeros desde primero de EGB hasta octavo, y la misma profesora, la señorita Montserrat, de primero a quinto. Aquella mujer adoptó a los más de cuarenta alumnos que conformábamos la clase como si fuéramos sus hijos: nos cuidó, nos protegió, nos mimó y procuró que los modestos trabajos que hacíamos con motivo del día de la madre quedasen lo más lucidos posible: espejos con pinzas, pulpos con madejas de lana, casas de palillos... No le costaba echar horas para reparar nuestros desaguisados con tal de que llevásemos a nuestras casas una pincelada de color en una época en la que hasta los payasos de la tele eran en blanco y negro.

Sí. También en el colegio fui desde siempre el marica, pero se produjo durante aquellos años un hecho rarísimo: yo era el marica pero nadie se extrañaba de que tuviera novias o de que muchas de mis compañeras quisieran salir conmigo, con lo cual deduzco que utilizaban el apelativo no porque repararan en mis gustos particulares, sino para mofarse de mi amaneramiento. Lo cierto es que tuve novias durante la EGB, pero jamás llegué a nada con ellas, y es que tener novia en aquellos años inocentes significaba mandarse cartas o mensajes a través de compañeros y regalarse alguna minucia el día de los cumpleaños, pero poco más. Nunca besé a ninguna.

Sí que establecí, pese a todo, relaciones muy sólidas con algunas compañeras de colegio que, igual que mis vecinas, también me protegían cuando se producía algún ataque virulento por parte de algún niño. Mientras ellos estaban absortos coleccionando cromos de futbolistas, yo me entretenía con ellas comentando películas o escuchando lo mucho que sufrían por amores contrariados. Desde muy pequeño me convertí en un maestro en el arte de escuchar, puesto que yo no podía contarle a nadie nada de lo que sentía.

En mi casa también fui mudo testigo de conversaciones impensables para un niño. Todas las noches, sobre las diez y media, llamaba al timbre la señora Trinidad, la vecina del octavo segunda, y preguntaba si mi padre estaba despierto, porque ella sólo entraba en el piso si mi padre estaba ya en la cama. Mi madre solía aprovechar las últimas horas del día para zurcir, ya que se sacaba un dinero extra trabajando para diversas tintorerías de Badalona, y muchas de las noches de mi infancia se consumieron de la siguiente manera: mi madre zurciendo a la luz de un flexo, la señora Trinidad desgranando los avatares de su vida sentimental y yo acabando los deberes del día. Mientras intentaba escribir redacciones con títulos tan sugerentes como «El día más feliz de tu vida», «Navidad, dulce Navidad» o «Mi familia y yo», oía a la señora Trinidad hablar de queridas, putas, hijos de puta, guarras y cerdos, pero yo ni me inmutaba ni me escandalizaba, porque no encontraba motivos para ello. Escribía y escuchaba a la vez, no podía permitirme el lujo de perder algún detalle de sus narraciones, so pena de perder el hilo, y aquello era algo que no podía suceder porque existía una regla no escrita que venía a decir que a mí se me estaba permitido escuchar pero jamás preguntar, quizá porque mi madre no consideraba conveniente que en mi más tierna infancia la señora Trinidad tuviera que explicarme por qué Fulana era una puta —y nunca mejor dicho— o Mengana una grandísima hija de puta.

Fue ella la que desde muy pequeño me enseñó un rosario de palabras que abarcaba desde el «coño» al «recoño» pasando por «cabrón» y «me cago en tus muertos» con sus múltiples variantes. Mi madre todavía recuerda cómo un día, estando en la plaza, una monjita quiso juguetear conmigo arrebatándome un caramelo. Ella advirtió a la hermana de la que le podía caer encima si seguía cabreándome, pero la sor, erre que erre, siguió tocándome las narices de tal forma que comencé a soltar por la boca un chorreo de improperios tales que habrían avergonzado al campeón de un concurso de blasfemias. La hermana, que en gloria esté, debe de estar todavía rezando por la salvación de mi alma.

Pero no era sólo por boca de la señora Trinidad como aprendía todo lo que había que saber sobre el amor, los tacos y la traición. Y es que alternaba las aventuras y desventuras de nuestra vecina con las peleas de mis hermanas con sus novios, que tenían lugar en el comedor de mi casa a cualquier hora del día, preferiblemente por la noche, justo antes de cenar. Se peleaban sin descanso por verdaderas tonterías, se enzarzaban en unas peloteras monumentales que nos ponían los nervios de punta al resto de familiares y, de repente, sin venir a cuento, se reconciliaban y se largaban a la calle a celebrarlo dejando, eso sí, el mal rollo ya bien concentrado en mi casa.

Yo sabía que aquello no sucedía en otros hogares porque casi todos mis compañeros de colegio eran los hermanos mayores y, por tanto, no había en su entorno hermanas ennoviadas ni mucho menos en edad de merecer, y quizá por eso desde siempre tuve la sensación de estar viviendo una realidad que no correspondía a un chico de mi edad, y sufría cuando mis hermanas se peleaban con sus novios, y sus decepciones se convertían también en las mías, y me ponía contento cuando se llevaban bien, aunque aquella felicidad llevaba consigo una gran sensación de precariedad, porque sabía que, en el momento más inoportuno, saltaría de nuevo la chispa y el caos se adueñaría de mi familia.

Ahí estaba yo, en medio de todo aquel vendaval de emociones, un niño que se disponía a comenzar, con once años, el segundo ciclo de la EGB y al que su padre, mi padre, empezó a dedicarle más atención. Lo que más le preocupaba era, por encima de todo, mis notas.

No se conformaba con aprobados y bienes, quería que su hijo fuera un estudiante de notables para arriba. Aún hoy asocio el miedo a la espera de las notas y la tristeza al gesto de decepción que él era incapaz de disimular cuando las calificaciones no eran de su agrado.

No sacar buenas notas significaba fallar, no cumplir con las expectativas que tenía depositadas en mí. Era ganar o perder. Y mientras que ganar significaba que estaba haciendo lo que se esperaba de mí, perder jamás conllevaba unas palabras de ánimo, un «no pasa nada» o «ya verás como la próxima evaluación irá mejor». Perder era decepcionar a mi padre, y yo no podía permitírmelo, porque yo era, y lo sabía, su principal apuesta.

¿Fue en aquella época cuando comenzó a fraguarse nuestro distanciamiento? Quizá, porque si antes lo temía entonces empecé a odiarlo. Ninguna de mis hermanas había llegado a la universidad y mi padre se obsesionó conmigo, así que «Este no se me escapa» fue la frase que me acompañó durante gran parte de mi infancia.

No tenía problemas para sacar de manera más o menos brillante las asignaturas de letras, pero se me atragantaban aquellas que él controlaba: matemáticas, dibujo técnico... Llegar a casa y ponerme a hacer los deberes se convirtió en un suplicio. Mi madre zurcía, mi padre repasaba papeleo del trabajo y yo me peleaba con las reglas de tres y los malditos Rotring. Recibí tortazos por no saber sacar adelante un problema o por ser tan torpe con los Rotring que tenía que presentar mis láminas con unos manchurrones que no podían disimularse ni rascando con cuchillas de afeitar. Cuando mi padre me pegaba ella permanecía en silencio, los dos sabíamos que era mejor, porque si no su ira podía llevarlo a estampar contra el suelo platos, vasos o lo que tuviera a mano. Cuanto más lloraba yo más se enfadaba él, y conforme iban avanzando mis llantos menos posibilidades tenía de sacar adelante los deberes. No entendía nada, no comprendía nada, todo era negro y triste como los goterones de tinta en el papel de dibujo, de ahí que más de una noche me metiera en la cama repitiendo en voz baja y en el tono más melodramático posible: «Me quiero morir, me quiero morir», influido seguramente por alguna historia de la señora Trinidad o por alguna heroína de aquellas películas que comentaba con mis compañeras o sobre la que había oído hablar a mis hermanas.

Si es verdad que la infancia es la patria de cada uno, yo soñé desde muy pequeño con el exilio.

El carácter exigente de mi padre me empujó a refugiarme en mi madre. Estar a su lado era fiesta de guardar, me gustaba acompañarla a las tintorerías, viajar a su lado en el autobús, ir a Barcelona a El Corte Inglés, ayudarla a hacer la compra en la plaza, comer pipas con ella... Me gustaba oírla cuando alguna mañana de invierno tenía que llamar al colegio para decir que era la mamá de Jorge y que su hijo no podría ir ese día porque se encontraba enfermo. Y entonces yo me acurrucaba en mi cama, que siempre estaba fría, y le pedía que me llevara la estufa a la habitación y me la pusiera aunque fuera muy bajita, y el amodorramiento que me provocaba el calor del butano, y sobre todo el calor materno, me acercaba a lo que ahora sé que es la felicidad.

A mi padre también le gustaba que yo lo acompañara, pero yo no disfrutaba igual, porque con él me aburría: siempre salía a colación la idea de convertirme en un hombre de provecho, de los sacrificios que iban a hacer mi madre y él para que estudiara en el colegio del Opus Dei y de que tenía que trabajar duro para cuando me casara y tuviera hijos, algo que me parecía muy lejano porque, como yo pensaba, todavía era muy pequeño.

Y sin embargo creo que me hice mayor demasiado pronto, en el verano de 1984.

Aquel año se produjeron una serie de situaciones que llenaron el depósito de mi soledad, pues finalizaba mi paso por la EGB y tenía que decir adiós a unos compañeros con los que había pasado ocho años de mi vida. Para celebrar el fin de curso mis profesores decidieron montar la obra *El mercader de Venecia* y a mí me tocó representar el papel de Porcia. No existió mala leche por su parte, proponían una lectura lúdica de la obra de Shakespeare y querían que los papeles masculinos los representasen chicas y a la inversa. Pero mi padre no entendió el juego y me prohibió participar en la función. Yo le mentí diciéndole que si no la hacía suspendía lenguaje, y así obtuve su permiso. Pero no su presencia: el día de la representación acudirían a aplaudirla todos los padres menos los míos.

No se me olvidará jamás que el día de autos, justo antes de que saliera rumbo al colegio para representar la función, mi padre se metió en el váter para evitar despedirse de mí. Mi madre, sin embargo, me dio un abrazo largo, fuerte, y me besó con la misma intensidad con que me besaba cuando salía de excursión con el colegio, porque le costaba separarse de mí aunque sólo fuera un día. Me dijo al oído muy bajito, para que sólo lo oyese yo: «Que te salga muy bien».

Al salir a la calle, cada vez que me volvía la veía a ella en la ventana, seguía diciéndome adiós con el brazo desde el octavo tercero, y continuó haciéndolo hasta que mis lágrimas la convirtieron en un punto borroso y lejano, en una pequeña mancha en el horroroso bloque.

No me sentí ridículo vestido de Porcia ni eché de menos que mis padres estuvieran a mi lado, riéndose al verme vestido así, o que mis hermanas —que tampoco se presentaron para evitar una posible bronca de mi padre— me aplaudieran como unas descosidas desde sus asientos. Si con su ausencia mi padre pretendió que me avergonzara hacer de Porcia, no consiguió su propósito. Me tomé mi papel mucho más en serio que el resto de mis compañeros e interpreté a mi personaje como si me fuera la vida en ello. Y el público así lo advirtió, porque cuando cayó el telón y me tocó saludar me llovieron las ovaciones, y mis compañeros también me aplaudieron, algunos de ellos incluso se emocionaron, porque sabían que estaba solo, que nadie había ido a verme, y porque aunque sólo tuvieran catorce años comenzaban a intuir que fuera del colegio no me esperaba una vida fácil.

Aquella noche llegué a casa cambiado. Más seguro. Más pasota. Había crecido y tenía muy claro lo que quería: que mi padre se enterara de lo bien que me había ido. Sin embargo al entrar no lo vi por ninguna parte.

—Ya se ha acostado, decía que le dolía mucho la cabeza.

Mi madre pronunció la frase en un tono más alto de lo habitual, quería que mi padre la oyera, y con un gesto mudo me instó a entrar en su habitación y darle dos besos. No obstante, yo no tenía ganas de ser generoso con alguien que se avergonzaba de mí, así que bien alto —para que mi padre lo oyese, sí— le conté a mi madre lo bien que me había salido la representación, que todo el mundo me había felicitado y que mis profesores me habían dicho que servía para actor.

—¡Ea! Lo que nos faltaba —exclamó ella.

Y entonces nos reímos los dos y nos olvidamos de que en el piso había una persona que estaba sufriendo.

—¿Tienes pipas?

Mi madre fue a la cocina, sacó una bolsa de medio kilo, pusimos la televisión y empezamos a comer pipas como los loros. Mi padre detestaba aquella manía nuestra y siempre lo teníamos que hacer a escondidas, pero aquella noche poco nos importó que pudiera llegar a llamarnos la atención. Había sido derrotado por el ejército que mi madre y yo formábamos, y él, como perdedor, no podía ni debía gozar de ningún derecho.

El asunto de Porcia le sirvió a mi hermana Esther para intentar destruirme cuando nos enfadábamos. Cada vez que discutíamos y llegábamos a ese punto muerto en el que nos habíamos cansado de decirnos los peores adjetivos del mundo, ella zanjaba la pelea llamándome Pavlovsky. A mí no me afectaba porque hacer de Porcia me había ayudado a sentirme superior a todos los miembros de mi familia con la sola excepción de mi madre, que fue la única que me mostró su apoyo en todo momento. Con lo que no contábamos era con mi padre, que un día oyó lo de Pavlovsky y, pegando un puñetazo sobre la mesa, exclamó con rabia acumulada durante años:

—¡Que sea la última vez que llamas maricón a tu hermano!

Todos callamos y, en efecto, mis hermanas no volvieron a llamarme así en aquella casa, más que nada porque no tardaron en abandonar el nido: en agosto de 1984 se casó mi hermana mayor y tuvo el honor de convertirse en el primer miembro de la familia que lograba abandonar el piso de San Roque.

Todos lo vivimos como una tragedia: mis padres porque se les iba una hija, mi hermana Esther porque ya no tendría con quien pelearse tirándose cuchillos o tenedores, y yo porque algún día mis padres descubrirían que no quería casarme.

Recuerdo que durante aquella época prometí no volver a hacerme pajas pensando en tíos, porque consideraba que lo que durante aquellos años infantiles había vivido como una especie de dulce confusión sentimental y sexual podía llegar a convertirse en catástrofe si no lograba pararlo a tiempo.

Jamás cumplí la promesa.

7

LA GÉNESIS DE LA CAPTACIÓN

—Pero ¿de verdad que no te lo hiciste con nadie?

Desde que lo había conocido en la facultad hasta aquella noche habían pasado cuatro años, y Joan podría haberme hecho la misma pregunta cerca de quinientas veces. Pese a que mi respuesta negativa era siempre la misma, no dejaba de sorprenderse cuando le aseguraba que, durante la época en la que estudié en el Opus Dei, nunca tuve contacto con el sexo: ni con el contrario ni con el propio.

—Bueno, ya me entiendes, que no follé.

—Pero pajas sí, ¿no?

—Sí, Joan, pajas sí. Pero no te creas, iba por épocas, a lo mejor pasaba por una etapa mística y me aguantaba las ganas. Ten en cuenta que yo estuve a punto de hacerme del Opus, y si no firmé la carta de admisión fue por no darle un disgusto a mi padre.

—Eso no me lo habías contado nunca.

Me gustó que Joan no hiciera ningún aspaviento ni simulara un desmayo a lo Margarita Gautier tras mi confesión. Sabía que detrás de mis palabras existía un trasfondo que no invitaba al cachondeo.

—¡Pues menos mal que vamos por el segundo plato! Prefiero contártelo aquí que no en el bar al que voy a llevarte después. Por fin yo voy a llevarte a un sitio a ti.

Era verdad. Desde que lo conocí sentía que estaba en deuda con él, porque me enseñó que yo podía ser un bicho raro, pero no el único. Acogerlo en mi casa y pasearlo por Madrid me brindaba la oportunidad de demostrarle cuánto lo quería. Joan había aprovechado un puente de diciembre para ir a visitarme, pues durante las Navidades iría a ver a sus padres a un pueblo de Toledo y a mí, cosa rara, me apetecía pasar el mayor tiempo posible con mi familia durante aquellas fechas. Los echaba de menos, aunque no tanto como para que se me pasara por la cabeza la idea de volver a vivir en Badalona. En cuanto pisé Madrid mi ciudad natal pasó a formar parte de mi pasado.

Joan aterrizó en Madrid un viernes por la tarde, pero no pude ir a buscarle al aeropuerto porque estaba preparando un reportaje para *Pronto* «en profundidad» —así me lo habían pedido— sobre el día a día de una de las infantas, y me faltaba visitar una peluquería y una mantequería a las que al parecer acudía con asiduidad. De modo que quedé con Joan más tarde, en un bar de la zona de los Austrias, después de que él se hubiera instalado y yo hubiese terminado de descubrir qué tipo de mechas se daba —la infanta, no Joan—. Nada más terminar mi sesuda investigación *peluqueril* me dirigí a su encuentro doblemente alegre: primero por la información de alto voltaje que había conseguido después de jurar a una *esteticién* en prácticas que jamás la traicionaría y, en segundo lugar, porque me esperaba un puente de desenfreno.

Llegué al bar y allí estaba él, esperándome con una sonrisa. Pero antes de besarlo no me contuve y empecé a echarle la bronca:

—¿Me puedes explicar qué coño haces con un café con leche a las siete de la tarde en Madrid? Que esto no es Barcelona, joder, que aquí es la hora de la caña. Y no me vengas con que engorda porque estos días no es que te vayas a saltar la línea, directamente te la vas a comer.

—Te veo muy bien, haciendo gala de tu buen humor, de tu falta de genio y de tu proverbial tolerancia.

Y entonces, desarmado, volví a ser aquel chico dócil que a su lado lo aprendía todo y, relajado y contento, sonreí también:

—Anda, deja eso ahí que ya te invito yo. Vámonos a casa, que tengo un montón de cosas que contarte.

Pero en casa tampoco paramos mucho, lo justo para pegarnos una ducha y ponerlo al día de los tres chismes que circulaban por la capital.

—¿No coges preservativos? —me cortó Joan cuando estaba describiéndole cómo había conocido a una de sus cantantes favoritas.

—Siguen sin metérmela.

—Pues ya va siendo hora. Y no sólo de eso.

Se había puesto serio, y yo también. Sabía qué me quería decir con lo segundo: las pruebas. Todavía no había sido capaz de ir a hacérmelas.

Pero estábamos en Madrid, era puente y yo no tenía ganas de escarbar en mis inquietudes, así que cambié de tema, él se avino a llevar la conversación por otros derroteros como si ninguno de los dos hubiera pensado en aquel asunto, y salimos del piso como dos colegialas recién escapadas del internado de las monjitas: dispuestos a comernos la ciudad.

Antes de sumergirnos en las profundidades de la noche lo llevé a cenar a un restaurante que estaba en la zona del Viaducto, y en los postres fue cuando volvió a preguntarme si no me había follado a ningún compañero en el Bachillerato y allí, sin más y de pronto, en un arrebato, fue donde decidí porque sí, porque no me daba la gana de seguir callándomelo, que había llegado el momento de contarle por qué tenía tan poco mundo cuando nos conocimos.

Después de que terminara la EGB con tan buenas notas mi padre se empeñó en que yo tenía que estudiar en Dauradell, un colegio del Opus Dei de Badalona en el que cursaría BUP y COU. Ni mi padre era un meapilas ni tenía la más mínima devoción, es más, toda su familia era anticlerical y republicana, pero el colegio tenía mucho prestigio y él quería darme la mejor educación. Después de explicarme por enésima vez que tanto mi madre como él estaban dispuestos a hacer un gran sacrificio para pagar la matrícula, pues era un colegio privado y caro, me impuso una condición, otra que se añadía a las tantas con las que había tenido que convivir desde que era pequeño:

—Jorge, no te dejes comer el tarro. Tú vas allí, estudias, intentas llevarte bien con todo el mundo y haces contactos, que esa gente tiene mucho poder, pero, por favor, que no te coman la cabeza con las misas y esas cosas.

Antes de comenzar el curso, y para que nos fuéramos familiarizando con el ambiente de la institución y los nuevos compañeros, nos llevaron cuatro días de convivencia. Pese a mi enfermiza timidez, me quedaba el consuelo de saber que durante aquellas jornadas iba a coincidir con Rubén, que había sido uno de mis compañeros a lo largo de los ocho años de colegio, y podría refugiarme en él antes de mezclarme con los cerca de cien chicos que íbamos a coincidir en una casona que la Obra poseía en un lugar de montaña. Sin embargo, y pese a la amistad que habíamos ido forjando con los años, Rubén no quiso que en el nuevo colegio me relacionaran con él y marcó desde el principio una distancia que sólo pude llegar a comprender con el tiempo: instinto de supervivencia. Iniciábamos una nueva vida en una jungla desconocida y él había optado por unirse a los chicos más lanzados de la manada y dejar de lado al que sabía que era el débil de la especie. Al fin y al cabo, yo no era más que un chico de barrio patoso, con sobrepeso, no muy agraciado y con unas tendencias sexuales siempre puestas en tela de juicio. Supe desde el principio que no iba a contar con su apoyo, por lo que no me quedó más remedio que apañármelas solo. Bien mirado, pensé para consolarme, en medio de tanta gente desconocida albergaba la esperanza de desprenderme del calificativo que me perseguía y me atormentaba desde niño. Y no debía desaprovecharla.

Nadie me había prevenido de lo que sucedía en aquellas convivencias, así que desde el primer día hasta el último viví en un estado cercano al misticismo. Sólo me faltó levitar, y todavía hoy no acabo de tener claro si estuve o no a punto de conseguirlo en algún momento. Nos despertaban muy pronto, a las siete de la mañana, y nos echaban al monte a correr porque el deporte era fundamental para ayudar a tener el alma sana y luchar contra las tentaciones de la carne. No sólo fuimos a misa todos los días, sino que a las doce del mediodía se paralizaba cualquier actividad que estuviéramos haciendo para rezar el ángelus; luego, a las ocho de la tarde, rezábamos también el rosario y, antes de irnos a dormir, orábamos de nuevo, no fuéramos a perder la costumbre.

En un momento dado comenzaron a llamarnos uno por uno para tener un encuentro con un cura al que conocía de vista porque también jugaba al fútbol. Cuando me tocó hablar con él yo estaba nervioso, pues jamás había visto tan de cerca a un cura con sotana, ni siquiera al hacer la comunión: bastante difícil lo tenía el cura de la iglesia de mi barrio para evangelizar a los rojos que vivían allí como para encima tener que vestirse de una manera que lo distanciara todavía más de sus feligreses.

El cura acabó hablándome de la santa pureza, y yo contesté a sus preguntas admitiendo que claro que me masturbaba, aunque evité decirle que cuando lo hacía pensaba en tíos, porque sabía que aquello contaba como pecado doble. Me propuso confesarme y acepté, pues creía que no debía comenzar con mal pie en el colegio. No tenía fuerzas ni ganas de entrar a formar parte del grupo de los rebeldes, sin embargo, cuando el cura me dio la absolución, no me sentí del todo limpio. Eso sí, intuí que en un ambiente tan severo como aquel no debía explayarme acerca de mis gustos sexuales, porque lo mismo me expulsaban, y si aquello llegara a producirse no quería ni imaginar la que podía montarse en mi casa después de todo el sacrificio económico para darme las mejores oportunidades y blablablá.

Los cuatro días de convivencia constituyeron el pistoletazo de salida a la esquizofrenia en la que viví durante los años que estuve en aquel colegio.

Si hubo un fantasma que campara a sus anchas en el piso de Badalona fue el del paro. Era uno de los temas preferidos de mi padre: lo utilizaba para flagelarse, para advertir continuamente a mi madre de que debíamos contener gastos porque cualquier día lo ponían en la calle y qué iba a hacer él a los cuarenta y cinco y con mujer e hijos a los que mantener, la ruina pura, quién iba a querer a alguien tan mayor en otra empresa. No contribuían a levantar el ánimo de mi padre las habituales visitas que semana tras semana nos hacía uno de sus compañeros de trabajo, el señor Ferrer. Este era de Cuenca y no tendría más de treinta y cinco años, pero, como era ingeniero, mi padre lo llamaba de usted y a los demás nos obligaba a llamarlo por el apellido y con el «señor» siempre por delante. La historia es que el señor Ferrer se presentaba en casa sin avisar, sobre las siete de la tarde y con una frecuencia de unas tres veces por semana. Se sentaba frente a mi padre y los dos nos ofrecían a mi madre y a mí un recital de tremendismo puro y duro.

—Esto no va a aguantar mucho, señor Vázquez, la cosa está muy mal.

—Ya lo sé, ya, señor Ferrer. Pero usted lo tendrá más fácil que yo, porque es ingeniero.

—Sí, pero mi nivel de inglés no es muy alto.

—Pues fíjese yo, que ya paso holgadamente de los cuarenta y únicamente tengo nociones de francés.

Mi madre no sólo tenía que luchar por levantar el ánimo de su marido, sino que también se veía en la obligación de jalear al señor Ferrer. De vez en cuando levantaba la vista de sus zurcidos y decía que pasara lo que pasase seguro que saldríamos adelante. El efecto balsámico de sus palabras duraba unos cinco minutos, tras los cuales el señor Ferrer y el señor Vázquez regresaban a la carga hasta que mi madre se hartaba, se iba a la cocina y volvía con una fuente de embutidos y pan con tomate.

—Madre mía, qué cosa tan buena. ¿Y dónde dice que las compra, señora Mari? Porque mi mujer me dice que no sabe dónde encontrarlas. Pero qué cosas tan buenas...

Y mi madre le decía siempre siempre lo mismo:

—El jamón en una tienda muy pequeña que hay en Congreso, el salchichón en una parada que hay en la plaza vieja, enfrente de la de las olivas, y la mortadela negra en una travesía que hay en la calle del Mar, en Badalona.

Hablábamos de Badalona como quien hablaba de otra ciudad, nuestra periferia conformaba un universo tan distinto del centro que vivíamos con la sensación de que no pertenecíamos a la ciudad.

De aquellas visitas saqué una firme conclusión: yo no quería vivir con ese miedo al paro que aterrorizaba a mi padre. Se decía que el Opus Dei estaba plagado de personas influyentes y que si mostrabas cierta proximidad a la Obra podías contar con un puesto de trabajo fijo para toda la vida. Y a los quince años aquello era lo que yo quería: un empleo que me permitiera llevar una existencia tranquila.

Mi objetivo, pues, sería acercarme a ellos pero no pertenecerles, calentar sin llegar a quemar.

Me costó mucho adaptarme. Así como en el anterior colegio el respeto a nuestros profesores se confundía con el cariño, en Dauradell había algunos que nos provocaban simple y llanamente terror.

El que más imponía era el señor Rovira, un hombre muy atractivo de unos cuarenta años, peinado a lo cepillo, rubio y con los ojos azules, que ejercía de jefe de estudios de BUP, amén de impartir clases de religión y dibujo. Era un Clint Eastwood pasado por Miami que sonreía con una dureza tal que cuando lo hacía lograba el efecto contrario al que solía despertar cualquier otra sonrisa: cuando te dedicaba una de las suyas no lograbas relajarte del todo, y cuando se cabreaba, ya directamente te cagabas, porque advertías un temblor en su mandíbula motivado por la rabia que hacía presentir sin asomo de duda que iba a soltarte una hostia como la que le propinó en las convivencias a un compañero al que se le escapó una blasfemia en la piscina, aunque por la noche —y para demostrar que había que saber perdonar— lo llamó para que se sentara a su diestra en la tertulia que se montaba después de cenar y en la que se cantaba, se contaban chistes absurdamente naíf —terminantemente prohibidos los verdes— y se llevaban a cabo actividades que no fueran peligrosas para la moral. El señor Rovira era Dios en el colegio, aunque sus maneras fueran tan siniestras que a su lado el demonio pareciese una nenaza.

Si durante la EGB había sido un alumno muy popular entre mis compañeros, en el Bachillerato entré a formar parte del pelotón del olvido desde el primer momento. En esa época de tu vida poco importa de cara al resto de compañeros que seas un alumno aplicado o que tengas destreza tocando algún instrumento, lo que de verdad puntúa es tener un aspecto físico atractivo, acompañarlo de ropa puntera y ser bueno en deporte. Y yo no destacaba en ninguna de esas tres materias: no era feo pero tampoco tenía un cuerpo bonito, jamás llevé ropa de marca y era una nulidad absoluta en gimnasia, hasta el punto de que el plinto y el potro eran para mí aparatos de tortura, nunca aliados que me ayudaran a lucirme ante el resto.

De las pocas cosas buenas que tenía hacer deporte en aquel colegio era que en las duchas al menos nadie iba a verme desnudo, algo que me obsesionaba desde antes de empezar el curso. Sentía pavor a que, de repente y sin yo controlarlo, me empalmase viendo el culo o el rabo de algún compañero, y vaya si me alivió saber que aquello no iba a suceder gracias a la santa pureza, que nos obligaba a evitar en la medida de lo posible la exhibición gratuita de la carne desnuda. ¿Querían prevenir que chicos como yo se pusieran cachondos con la visión de piernas y culos duros? En cualquier caso, cada vez que acabábamos de hacer deporte se presentaba el profesor en el vestuario para que aquello no se convirtiera en un festival de rabos al sol, lo que nos llevó a convertirnos en maestros en el arte de quitarnos los calzoncillos con la toalla y, una vez duchados, secarnos y ponernos la muda limpia con la toalla a cuestas, sin que en ningún momento se nos vieran nuestras partes pudendas.

No recuerdo cuándo fue la primera vez, quizá con motivo de las Navidades. Era un alumno dócil y sacaba buenas notas, de ahí que no me extrañara que mi tutor me invitase a visitar un centro que la Obra poseía cerca del colegio. Sabía que lo hacía con todos los que prometían y me sentí un elegido. La excusa fue que allí podría estudiar tranquilo, sin el jaleo que normalmente hay en las casas, y mi padre no puso ningún impedimento porque no se oponía a nada que tuviera que ver con mejorar mi rendimiento.

Al llegar al centro coincidí con algunos de los profesores que impartían asignaturas en el colegio y me produjo mucha satisfacción que me trataran de igual a igual, sin aquella barrera que existía durante las clases. Es más, no hacía falta que los tratara de señor ni de usted, bastaba con llamarlos por su nombre. Menos al señor Rovira, que para mí siempre fue «señor» aunque hubiera comenzado a mirarme con otros ojos, más amigables e indulgentes, después de empezar a verme con asiduidad por el centro.

Allí se estudiaba, sí, pero también te invitaban a unirte a una tertulia semanal que dirigía una persona que ellos te asignaban. Y no dije que no por temor a no formar parte del grupo, a que mis profesores me hicieran la vida imposible o a que el Opus Dei en pleno se dedicara a joder mi futuro profesional. Paranoias de adolescente.

Empecé por acudir a unas charlas en las que se profundizaba sobre cualquier aspecto de la religión; trabajábamos el *Camino* de Escrivá de Balaguer, meditábamos diez minutos en silencio sobre lo que se había hablado y, al final, terminábamos departiendo sobre otros temas más banales, como lo difíciles que eran algunas asignaturas o acerca de actividades que iban a llevarse a cabo en el centro. Comencé a apuntarme a algunas de ellas porque, a los quince años, no tenía amigos con los que salir los fines de semana, así que me pasaba por el centro el sábado por la tarde para ver alguna película o salía de excursión los domingos a un pueblo cercano, incluso llegué a visitar un geriátrico para hacer compañía a los ancianos que estaban ingresados. Experimentaba cierta paz al formar parte de un grupo que no sólo no me rechazaba, sino que quería, incluso, que me uniera todavía más a él.

En mi familia reinaba la tranquilidad porque comenzaban a ver que los sacrificios que estaban haciendo daban sus frutos: iba sacando los cursos con relativa facilidad y estaba bien considerado en el colegio.

—Pero, cuidado, que no te coman el tarro, que son muy listos —me repetía mi padre machaconamente—. Ten mucho cuidado de que no te capten.

Captar, captar, captar. La de veces que oí aquel verbo durante mi adolescencia. Y con todo, pese a las recomendaciones de mi padre, cada vez me costaba más separarme de ellos, pues conseguían que todo mi caos empezara a ordenarse.

Yo seguía siendo el marica de la clase, pero como había otro muchísimo más afeminado sólo recibía los insultos sobrantes. Aquello era un problema, sí, pero no el principal. Lo peor era la sensación de no saber a qué mundo pertenecía, porque no encontraba compañeros en el bloque —era el único de mi edad que todavía seguía estudiando—, pero tampoco me sentía a gusto entre la gente que se movía por la ciudad.

A mediados de los ochenta Badalona era una población profundamente clasista en la que comenzaba a vivirse cierta efervescencia nacionalista entre la gente joven. El catalán que nuestros padres no habían podido hablar durante la dictadura, una vez muerto Franco los hijos podían utilizarlo con libertad. Hablar en castellano suponía expresarse en una lengua invasora, y los catalanes lo utilizaban cuando querían hacer referencia a una persona que pertenecía a un estrato social inferior. Yo vivía en el barrio con peor fama y hablaba castellano, así que estaba empezando a forjarse un mundo en el que yo no tenía cabida.

Pese a todo, de vez en cuando quedaba con alguno de mis pocos amigos de clase en la plaza del Ayuntamiento, como hacía la gente de mi edad, y luego paseaba con ellos por la calle del Mar e íbamos Ramblas arriba Ramblas abajo, y a veces nos sentábamos en alguna terraza para tomar una Coca-Cola, aunque a mí no me gustaba llegar hasta el final de las Ramblas, pues iban a dar a la calle Prim, que era la calle de los pijos por excelencia, y por mucho que los dos amigos del Bachillerato con los que salía de Pascuas a Ramos —César y Carlos— se empeñaran en que tomásemos algo en el Antillana, yo me negaba por temor a que todas las miradas se volvieran hacia mí preguntándose qué coño hacía en su territorio uno de San Roque, que además no hablaba catalán. En Badalona, y en aquella zona, o eras pijo o no eras.

Si el Antillana era el bar donde tomaban copas los pijos, Titus era la discoteca donde se desmelenaban. Estaba al otro lado de la vía del tren y tenía un remoto toque ibicenco. Cuando era pequeño soñaba con cumplir los dieciséis años para poder ir allí los sábados por la noche, ya que sabía que nadie de San Roque había conseguido traspasar sus puertas. La gente de mi barrio tenía que conformarse con ir a La Doncella de la Costa o, en el peor de los casos, a Tiburón, que era la que peor fama tenía con diferencia. Tan duras eran las condiciones para acceder a Titus que entre mis vecinos tenía mucho más predicamento ir a aquel lugar que a la universidad, porque estudiar podía hacerlo cualquiera que tuviera ganas —y en San Roque había pocas—, mientras que traspasar la entrada de aquella discoteca significaba ascender inmediatamente varios peldaños dentro de la escala social badalonesa.

César y Carlos tragaban con que no me arriesgara a entrar en el Antillana, pero como tenían hermanos mayores que se movían por Titus no entendían mis remilgos a la hora de entrar allí. Yo no quería ir porque no poseía ni uno solo de los elementos que conformaban el uniforme pijo de la época: no tenía ningún polo Lacoste, ni tampoco vaqueros Levi's o zapatillas Nike, y sí en cambio miedo al rechazo, a que me avergonzaran no dejándome pasar.

Pero en el fondo deseaba afrontar aquel reto. Tarde o temprano debía hacerlo, porque mi evolución personal pasaba por ser aceptado entre la gente bien de la ciudad.

Fue un viernes por la tarde. Me sentí inquieto desde por la mañana, me costó prestar atención en las clases y durante todo el tiempo que estuve en el colegio no dejé de fabular con el tipo de gente con el que podría llegar a relacionarme si traspasaba las puertas de aquella discoteca. Sabía que no estaba bien, pero no podía dejar de pensar en aquellos tíos que llegaban a las puertas de Titus en Vespa, con las bermudas que vestían en verano, que dejaban ver sus piernas bronceadas, y con aquellos brazos tan bien formados bajo los malditos polos Lacoste. Me ponía cachondo, pero no quería recrearme, porque qué iba a pasar entonces con la santa pureza, cómo iba a contarle al cura con el que me confesaba semana tras semana —para que el señor Rovira se diera cuenta de que el amor a Cristo iba calando en mí— que soñaba con que un tío me montara en su Vespa, me llevara de noche a la playa y me tumbara sobre la arena para que nos comiéramos a besos hasta el amanecer, una ensoñación de romanticismo de película norteamericana que poco tendría que ver con el sexo rápido y sucio al que estaría abonado años después.

Y llegó la tarde. Me calcé unos náuticos Pielsa, ya que eran el único complemento que tenía que me aproximaba al universo pijo, y me dirigí a la puerta.

—¿Adónde vas tan guapo? —me preguntó mi madre antes de salir.

—Habrá quedado con alguna... —remató con sonrisa pícara mi padre.

—He quedado con unos amigos. No sé adónde iremos.

Mentía. Sabía perfectamente adónde iba, pero quería curarme en salud por si acaso no me dejaban entrar. No me apetecía nada pasar por el bochorno de contarles a mis padres que no era digno de entrar en Titus. Porque gran parte de culpa la tenían ellos, aquello estaba claro: vivir en San Roque no ayudaba, ni tampoco que mi madre viniera de Albacete y que mis abuelos paternos fueran de Murcia. Y eso que mi padre se manejaba muy bien en catalán y estaba empeñado en que yo lo hablara continuamente, incluso había habido épocas en las que llegaba a casa y me hablaba en esa lengua para que yo me soltara. Pero no. Me daba vergüenza. Y además, por mucho que mi padre hablara catalán, no era como los padres que vivían en el centro. Le faltaba aplomo, seguridad, arrojo.

Quedé con Carlos y César en la plaza del Ayuntamiento, como de costumbre, y nada más llegar notaron que estaba nervioso.

—¡*Joé*, macho, tampoco es para tanto! —exclamó César.

Yo sabía que sí. Que era para aquello y mucho

más. Mientras bajábamos la calle del Mar comenzaron a hablar de las tías que habría en la discoteca, cómo harían para «entrarles» y dónde se morrearían con ellas en el caso de que «pillaran». Yo permanecí en silencio, deseando ir a Titus pero al mismo tiempo con unas ganas terribles de regresar a San Roque y no salir jamás del barrio. No sabía cómo había podido llegar a pensar que conseguiría salir de allí, aquel y no otro era mi lugar, y así seguiría siendo por los siglos de los siglos. Amén.

Nos adentramos en las Ramblas; mis amigos iban cada vez más animados, y yo con el deseo de que aquello acabara pronto. Ojalá saliera bien, sería tan feliz... Llegamos a la puerta y todo sucedió de una manera muy rápida. No había cola, así que mi futuro en la ciudad se resolvería en menos de tres segundos. El de la puerta nos vio a los tres juntos: miró primero a Carlos, luego a César y luego a mí, después a Carlos y a César a la vez y luego nuevamente a mí. Y dictaminó.

—Vosotros dos pasáis, él no.

Él era yo.

—Entrad, tranquilos, no os preocupéis. No pasa nada, me voy a mi casa.

—Jorge, si quieres, vamos a dar una vuelta los tres juntos —propuso César. Y no lo decía con fastidio, sino con la tranquilidad que le proporcionaba saber que él podía volver cuando le diera la gana porque, una vez que traspasabas el umbral de aquella puerta, nunca volvían a impedirte el paso.

—No, de verdad. Prefiero irme a casa, nos vemos el lunes.

—¿No quieres que hagamos algo mañana? —terció Carlos.

—No, tengo que hacer un dibujo para entregarlo en clase a primera hora.

—Oye, ¿podéis dejar libre la puerta? —ordenó el portero aunque pronunciara la frase a modo de interrogación.

Y obedecí.

Me dirigí hacia mi casa, que estaba, cómo no, en el sur de la ciudad. Podría haber cogido la línea 4 de *la tusa* —así llamábamos al autobús, venía de Transporte Urbano Sociedad Anónima—, pero no tenía ganas de cruzarme con nadie y preferí volver caminando, dejando atrás poco a poco el centro de la ciudad, atravesando zonas industriales repletas de fábricas de ladrillo negruzco para entrar al fin en San Roque, aquel conglomerado de bloques terribles que almacenaban almas envueltas en resignación. Como de costumbre, los dos bancos que había delante de mi bloque estaban ocupados por vecinas en bata que comían pipas a espuertas, y no sólo las saludé con una sonrisa por primera vez en mi vida, sino que me sentí más cercano a ellas que nunca. Me había criado con aquellas señoras, había jugado con sus hijos y sentía en sus miradas algo cercano a la admiración porque era el único del bloque que seguía estudiando y no fumaba, no bebía, no llegaba tarde y no le importaba besar a su madre delante de todo el mundo.

Podría haber subido a casa, meterme en mi habitación y ponerme a llorar pensando en lo desdichado que era, pero no me daba la gana. Era viernes por la noche y tenía el fin de semana por delante, así que entré en el ascensor y al llegar al octavo oí que salía música del interior de mi piso. No me costó deducir que en el tocadiscos sonaba un disco de Ray Conniff, un sonriente anciano con pinta de Papá Noel pero en delgado, que con su orquesta versionaba temas de ayer, de hoy y de siempre. Cuando abrí la puerta del octavo tercera descubrí a mis padres bailando agarrados el *Tico-Tico*, y no dejaron de hacerlo cuando me vieron. Tampoco yo mostré sorpresa, porque de vez en cuando a mi padre, cuando estaba muy marchoso, le daba por poner un disco de Ray Conniff, Paul Mauriat o Glenn Miller y le decía a mi madre: «Vamos a bailar». Y bailaban la canción y volvían a sentarse como si aquella momentánea interrupción de sus existencias no se hubiera producido jamás. Mi madre estaba en bata y mi padre en calzoncillos y camiseta blanca de tirantes, y no me preguntaron qué hacía en casa tan pronto hasta que acabó el *Tico-Tico.*

—Me aburría en la calle y he preferido venir a ver la tele.

—A mí me gusta mucho que te quedes alguna noche con nosotros —confesó mi padre.

Yo estuve a punto de decir que a mí también me gustaba estar con ellos, que me encantaba ver que se llevaban tan bien, que me emocionaba cuando mi padre presumía delante de todo el mundo de que no salía a la calle sin mi madre y que me consideraba un afortunado por tener un padre que trabajara siempre y no tuviera que dedicarse a lavar el coche, que era lo que hacían muchos vecinos en paro para matar el tiempo y no estar todo el día encerrados en casa. Estuve a punto de decirles que les agradecía todo lo que estaban haciendo por mí y que quería que me durasen siempre.

Pero me dio vergüenza.

8

GLORIA Y ADIÓS A DIOS

Me refugié en el centro del Opus Dei porque entre las paredes de aquel mundo sólo existía una marca: Dios. Una marca que unificaba a feos, patosos, muchachos de barrio, profesores de universidad... Allí me encontraba cómodo porque no tenía que seguir diciendo que vivía al lado de los bomberos —un parque que inauguró el por entonces *president* Tarradellas, a finales de los setenta, con una placa que rezaba «Duerme tranquila, ciudad, tus bomberos te velan»— para evitar pronunciar el nombre de San Roque, ya que lo único que importaba era la consecución de la santidad. Nuestro exclusivo fin en esta vida era morir en gracia de Dios para poder pasar el resto de la eternidad contemplando su rostro allá en el cielo, y el Opus Dei estaba dispuesto a ayudarte a que consiguieras llegar a la meta con el alma más limpia que una patena.

Lo primero que tenías que hacer nada más acceder al centro era dirigirte a la capilla y saludar a Cristo. Si estaba expuesto, con genuflexión; si no, bastaba con un respetuoso movimiento de cabeza. Tras la visita pasabas al despacho del director —un juez con el que no me costó simpatizar— para avisar de que habías llegado. En una de sus paredes podías contemplar, enmarcado a modo de reliquia, un retal diminuto de la sotana de Escrivá de Balaguer. Yo mantenía conversaciones periódicas con él, cada vez más largas, hasta que un día me asombré al descubrir que me sentía muy cómodo en aquel ambiente. No tenía que preocuparme de pensar en qué hacer con mi vida, porque ellos pensaban por mí y se encargaban de que no tuviera mucho tiempo libre para que a la cabeza no le diera por comenzar a albergar pensamientos poco apropiados: el demonio siempre estaba al acecho y en cuanto nos descuidábamos podía meternos en un buen lío.

Me gustaba la vida que me proponían, y fuera de sus muros no encontraba demasiados alicientes: salía de vez en cuando e intentaba conquistar alguna chica, pero sin demasiada convicción. ¿Notarían ellas que mis fuegos iban dirigidos a otras posiciones? Y en cuanto a los chicos, no lograba conocer a otro como yo, y aunque sabía que en Barcelona había bares donde se encontraban, yo todavía no tenía la edad ni el morro para entrar en ellos. De aquel modo, mientras mis compañeros de Bachillerato más lanzados comenzaban a disfrutar de los fines de semana en compañía del alcohol, yo hacía novenas y hasta retiros espirituales.

—Que no te capten, Jorge, que no te capten —seguía diciéndome mi padre.

Y yo que vale, que no se preocupara, que no iba a pasarme nada, pero le mentía, porque en realidad estaba comenzando a formarse en mi cabeza un cacao considerable.

Si era honesto conmigo mismo no podía negar que era feliz con ellos. Mi vida iba enderezándose, y las inquietudes que me provocaban mis tendencias estaban diluyéndose y, con la ayuda de Dios, podían incluso desaparecer. Poco a poco mi existencia más allá de los muros del colegio comenzó a girar en torno a los designios del director del centro de Badalona, que se convirtió a su vez en mi director espiritual. Semana tras semana me reunía con él y repasábamos los logros conseguidos o los tropiezos que no había logrado evitar; para ayudarme a seguir el camino recto dirigían mis lecturas, hasta el punto de que cuando se enteraron de que estaba leyendo *El nombre de la rosa* me contaron quién era el asesino para que me desencantara y abandonara la novela. Incluso había gente que acudía a su cita con una libretita, pero yo no recuerdo si llegué a tener alguna.

Comencé a ofrecer al Señor pequeñas mortificaciones: levantarme a la hora y no remolonear en la cama, dedicarle una hora de estudio fructífero, no comer aquel postre que tanto me gustaba... En casa no comentaba ninguno de mis progresos espirituales porque desde el primer momento se me advirtió de que, como a lo mejor no iban a comprenderlos, era mejor mantenerlos ocultos. Debía ser sabio e ir consiguiendo que mis padres me acompañaran poco a poco en aquel viaje, pero yo tenía muy claro desde el principio que aquello iba a ser algo muy difícil de lograr. En cualquier caso, tenía que empezar a predicar con el ejemplo: se me aconsejaba que cuando estuviéramos viendo la televisión y apareciera una escena subida de tono apartase la vista, que evitara cualquier conversación que tuviese que ver con el sexo porque, tal y como decía monseñor Escrivá de Balaguer, dicha materia era más viscosa que la pez y lo que podía comenzar como una broma podía desembocar en pensamientos impuros, paja y, por consiguiente, pecado mortal y riesgo de ir al infierno en caso de muerte. Qué lío, Dios, qué lío. Y encima un día encontré por casualidad en mi casa una película porno que escondían mis padres y, al ponerla en el vídeo, me volví loco viendo a un tío y a una tía follar. Y no por la tía, precisamente. A todo esto, el temido señor Rovira me miraba cada vez con más cariño, incluso me sonreía cuando me veía, y al hacerlo se me antojaba que mostraba un colmillo.

Todo estalló cuando cumplí diecisiete años. Estaba claro que yo tenía vocación. Dios estaba llamándome, me había elegido para formar parte de la Obra y yo no podía darle la espalda. Tantas veces me dijeron que tenía vocación que me lo creí. ¿Acaso no me daba cuenta de que el Señor no hacía más que enviarme señales?, ¿cómo si no se explicaba que yo hubiera ido a parar a aquel colegio?, ¿y por qué había llegado a formar parte del grupo de chicos que acudían al centro? Lo intenté, pero no podía seguir engañándome: quería formar parte de la Obra, responder afirmativamente a la llamada de Dios y convertirme en su soldado. La cosa estaba en que si mi padre se enteraba me la iba a liar buena, pero mi director espiritual tenía las ideas muy claras al respecto: no debía comunicarle mi decisión porque no iba a entenderla. No estábamos hablando de engaño, en realidad estaba protegiéndolo para evitarle un disgusto, aunque a mí aquel argumento no terminaba de convencerme.

Y luego estaba el tema de mis inclinaciones respecto al sexo, claro, que no terminaba de resolverse.

Yo intentaba apartar la mirada de los tíos, pero no podía. Cuando estaba rodeado de gente de la Obra no me costaba mantener a raya mis impulsos, pues ellos hacían todo lo posible por que sus cuerpos resultaran poco apetecibles. En la mayoría de los casos no tenían que hacer muchos esfuerzos porque aquellos que se sabían un poco «monos» sepultaban su atractivo con vestimentas que los avejentaban como mínimo diez años. Sin embargo, cuando debía enfrentarme al mundo los ojos se me salían de las órbitas. Me excitaba cualquier cosa: un tío con mono de trabajo manchado de grasa, un deportista sudado, un cantante para adolescentes con pantalones ajustados... Menos los ejecutivos bien trajeados y aseados, todo me servía.

En la playa la cosa iba a peor, porque tenía que estar muy atento para que los tíos no se dieran cuenta de que mi mirada llevaba detenida más tiempo del normal en sus paquetes. Después de ponerme como una moto viendo al personal despelotado e imaginando lo que haría con ellos, me marchaba a mi casa y antes de comer me hacía una paja, y por la tarde me duchaba y me iba al centro. Si todavía quedaban accesos de calentura repartidos por mi cuerpo se disipaban en cuanto ponía los pies en aquel lugar, porque siempre había una ración de recogimiento que echarse a la boca: el consabido rosario, una charla con el sacerdote, un ratito de meditación para aclarar las ideas... Mi cuerpo se volvía loco: pasaba del calor al frío en cuestión de segundos; y mi mente tampoco andaba muy allá. Quería ser bueno, pero mi imaginación, repleta de hombres hechos y derechos dispuestos a ponerme mirando al mundo entero, me traicionaba. Lo peor es que tampoco allí podía compartir mi secreto con nadie, porque no había maricas —declarados— dentro de la Obra. Dios no sólo no lo habría permitido, sino que además, para todos ellos, había reservado un lugar preferente en la sala de torturas del infierno.

Una Semana Santa se organizó un viaje a Roma y me convencieron para que me apuntara. Insistieron mucho en que era un viaje que no podía dejar escapar, pues iba a tener la oportunidad de recibir indulgencias plenarias, la bendición de Juan Pablo II —al que yo ya había ido a aplaudir cuando, años atrás, había estado en Zaragoza— y, por si fuera poco, iba a visitar el lugar donde reposaban los restos del fundador de la Obra. Y en Roma, precisamente, mi director espiritual decidió que ya estaba bien de tanto mareo.

Del viaje en sí poco recuerdo, pero sí me acuerdo con nitidez de que el Jueves Santo por la tarde fuimos a una misa en una iglesia que estaba situada cerca de piazza Navona y de que el fervor de todos los que la llenaban era tan impresionante que me animé a confesarme para disfrutar de aquellos días en gracia. Tuve la valentía de decirle al sacerdote que se me iban los ojos detrás de los chicos y él, en vez de echarme la bronca, me aconsejó que tuviera cuidado a la hora en que nos duchábamos y apartara inmediatamente la mirada de sus cuerpos para evitar el nacimiento de pensamientos impuros. Me reconfortó que me diera la absolución en vez de echarme a gritos del recinto a la voz de «mariquita, mariquita». Al acabar, todos los asistentes nos felicitamos la Pascua efusivamente —me sorprendió, porque yo pensaba que aquello sólo se hacía en Navidad— y, al atravesar la plaza, sentí un colocón similar al que me proporcionaban los porros de mi tía. Qué bien, si seguía siendo bueno Dios me ayudaría a luchar contra mis instintos y tendría un puesto reservado en el cielo.

Mi director espiritual estuvo más pendiente de mí que de costumbre durante aquel viaje, y no dejaba de hablarme de lo importante que iba a ser para todos nosotros la visita a Santa María de la Paz, la iglesia donde reposaban los restos de Josemaría Escrivá de Balaguer. La haríamos el domingo, el último día del viaje, justo antes de ir al Vaticano para recibir la bendición del Papa. Sin embargo, aquel día amaneció lluvioso y, pese a que percibí cierta excitación a mi alrededor entre la gente que venía del centro de Badalona —la achacaba a la emoción que les producía saber que iban a visitar algo que ellos veneraban—, yo sólo sentía alegría porque el viaje tocaba a su fin. Tenía ganas de regresar a mi casa y dejar de oler a incienso.

Llegamos a Santa María de la Paz y pasamos por delante de la tumba; creo recordar que rezamos algo —como de costumbre, no faltaba más—, y no sé de qué manera mi director espiritual y yo acabamos en una sala sentados frente a frente. Por fin iba a descubrir por qué estaban tan empeñados en que no me perdiera el dichoso viaje.

Después de hablar durante unos minutos de los panes y los peces, o de algún tema relacionado con ellos, mi director lanzó el órdago:

—Hasta que redactes y firmes la carta de admisión en la Obra no nos iremos de aquí.

—Pero... vamos a perder el autocar —balbuceé.

—Eso es lo de menos. Iremos a San Pedro andando.

No tenía escapatoria. Llevaba tiempo coqueteando con la idea de pertenecer a la Obra. Cuando durante alguna conversación aparecía el tema yo preguntaba cómo sería mi vida si ingresaba, y me contaban que sería «agregado», que seguiría viviendo en casa con mis padres, que cuando acabara la carrera —apostaba por una Filología— daría clases en un colegio y que mi vida sería envidiable. No me desagradaba la idea, pero existía un escollo que me parecía insalvable: mi padre. Desde que había ingresado en el colegio venía advirtiéndome —«que no te capten, que no te capten»—, y ya oía las palabras que pronunciaría cuando se enterara de mi decisión:

—Te lo dije. Al final te han lavado la cabeza y te han captado. Mira que te lo dije, pero como nunca me haces caso.

No obstante, mi director espiritual ya contaba con la solución a aquel previsible problema que también había surgido en otras familias:

—No se lo cuentes a tus padres, Jorge, no tienes por qué contárselo, porque no lo entenderían. Y no creas que estás engañándolos, es una manera de demostrarles amor, pues estás evitándoles un sufrimiento.

Pero yo sentía que iba a engañarlos, y a mis hermanas también. Y me veía incapaz de cortar aquellas conversaciones sobre sexo que le gustaba mantener a mi hermana mayor cuando toda la familia nos reuníamos los sábados y en la que, con risas o gestos de aparente escándalo, participaban mi madre, mi padre y mi otra hermana. Si a mí ya me costaba luchar por mi santidad, luchar por la de mi familia en pleno me parecía algo heroico. Y además, qué coño, no quería separarme de ellos, y veía a mi alrededor lo que sucedía cuando alguien se hacía del Opus.

Los «supernumerarios» podían casarse, pero a mí ni me ofrecían esa posibilidad ni yo la contemplaba, porque no estaba dispuesto a joderle la vida a ninguna mujer. Los «numerarios» vivían en casas de la Obra y casi no veían a sus familias, y en cuanto a los «agregados» —lo que iba a ser yo—, seguían viviendo con sus padres, pero ¿cómo?, ¿ocultándoles lo que hacían y al mismo tiempo urdiendo estratagemas para que abandonaran la senda del mal y retornaran al buen camino? No me veía llevando de la mano a mis padres a misa los domingos por la mañana. Ellos preferían pasear por las Ramblas y comprar patatas fritas en la Corominas, las mejores de la ciudad, y luego llegar a casa y ponerse cómodos —mi madre la bata, mi padre en calzoncillos— para preparar el aperitivo y ponerse una película algo subida de tono para dirigirse con mucho disimulo miradas cómplices. ¿Quién era yo para decirles que lo que hacían no estaba bien, que ya estaba bien de tanto coqueteo con la lujuria?

—No lo tengo claro, necesito más tiempo.

—No hay más tiempo, Jorge —dictaminó mi director espiritual—. No puedes seguir evitando la llamada del Señor.

—No quiero.

—Ese es el demonio que te está tentando, ¡no dejes que gane esta batalla!

Me ofrecían trabajo. Y una vida ordenada. Y el

cielo. Pero tenía que decir adiós a la esperanza de la salvación en forma de brazos bien moldeados, piernas duras y labios húmedos.

—No lo sé, de verdad.

—No lo pienses, hazlo. No te arrepentirás.

Tendría que mentir a mis padres. Y pasar mucho más tiempo con la gente de la Obra que con ellos. Y, por mucho que a veces me dieran ganas de largarme de casa y buscarme la vida, sólo tenía diecisiete años. Mi hermana Esther estaba a punto de casarse y en el piso de Badalona nos quedaríamos los tres; si ya habíamos hablado de que con su marcha los cincuenta metros cuadrados se nos iban a quedar grandes, ¿qué pasaría si yo comenzara a ausentarme de mi casa más tiempo del habitual? Que mis padres se sentirían solos demasiado pronto y ni ellos se lo merecían ni a mí me daba la gana que aquello sucediera, porque cuando estábamos los tres la alegría de mi madre contagiaba a mi padre y nos lo pasábamos muy bien. Mi madre incluso hacía bromas sobre el carácter tristón de mi padre y mi padre no podía evitar que se le escapara una sonrisa, y entonces yo me sentía orgulloso de él por todo lo que había luchado por sacarnos adelante en aquellos tiempos tan difíciles. No. No se merecían que les hiciera una putada tan gorda.

—No puedo firmar.

Mi decisión estaba tomada y mi director así lo

entendió. No quiso insistir porque sabía que acababa de perder una batalla, pero antes de dar por acabada la reunión —que no la guerra— pronunció una frase que se me quedó grabada en la memoria:

—No olvides que el Señor te tenía preparado un camino de rosas y has elegido uno con espinas.

Entonces me di cuenta de que había tomado la decisión adecuada. No quería vivir al lado de gente que se atrevía a presagiar el futuro de los demás con tanta ligereza. Entre el cielo y el infierno elegí el infierno, y con el paso de los años comprobé que quemarse entre sus brasas podía llegar a producir un placer más infinito que aquel cielo frío e inhóspito que promocionaba el Opus Dei.

9

EL BRILLO DE LO OSCURO

—¿Ya? —preguntó Joan.

—¿Te parece poco? Chico, siento haberte decepcionado —respondí con una pizca de cabreo—. ¿Qué esperabas?, ¿que hubiera asesinatos de por medio? ¿Narcotráfico?

—No seas imbécil —sonrió—. Te lo digo porque necesito saber si puedo empezar a darle al gintonic para comenzar a asimilar todo lo que me has contado.

—Pídete uno mientras pago y nos lo tomamos a medias, yo también necesito un lingotazo. Me hace mucha gracia esa palabra, ¿sabes? Como lo de mover el esqueleto o salir de bureo, que lo dice mucho mi padre cuando me voy de juerga. Sin embargo, detesto la palabra «copichuela». No la soporto.

—Ya estás haciendo lo de siempre: intentar quitarle hierro a todo lo que te pasa. Mirar para otro lado.

—¿Y qué quieres que haga, Joan? ¿Seguir lamentándome por tener la sensación de haber desperdiciado aquellos años? Claro que me habría gustado vivirlos de otra manera, relacionarme con otro tipo de gente más abierta, no sentir miedo durante aquellos días que no estaba en gracia de Dios por temor a palmarla y largarme al infierno. Además, nos transmitían la idea de un Dios en perpetuo estado de alerta, que no nos pasaba ni una, y si pecábamos teníamos que ir inmediatamente a confesarnos, porque la muerte podía acudir a buscarnos en cualquier momento. Parecía que ese Dios que ellos nos explicaban estaba esperando a que la cagáramos para condenarnos. Ni misericordioso, ni compasivo, ni leches. Por eso, cuando en la facultad escuchaba a mis compañeros referirse a sus años de instituto, sentía nostalgia, mucha nostalgia, puedo asegurártelo. Chicos y chicas en una misma clase, profesores para los que no existía el pecado, amoríos adolescentes... Yo no sé lo que significa eso, viví cuatro años inmerso en un universo paralelo que no tenía nada que ver con el mundo real y me hicieron creer que no valía la pena conocerlo porque estaba gastado, decrépito, corrupto. Debía tener mucho cuidado con la gente que no era como ellos, porque no era más que una fuente de conflictos que iban a impedirme conseguir la anhelada santidad. Y resulta que cuando voy a la facultad me encuentro con que todos los compañeros que han pasado por el instituto son gente sana, que ha vivido en libertad, sin miedo, que se acaricia porque sí, sin ningún tipo de doble sentido. No como nosotros, que teníamos miedo al contacto físico por temor a ponernos cachondos. ¿Qué quieres que te diga, Joan? ¿Que no me cabrea pensar en mi pasado? Pues claro que me cabrea, porque yo no sé lo que es tener diecisiete años y quedar por la noche con alguien que te gusta y acudir a la cita con nervios porque a lo mejor vas a follar por primera vez. O tener dieciocho y largarme a París en tren con mis amigos del instituto y alojarme en pensiones de estudiantes. O que llegue el verano y largarme a Ibiza a desparramar como cualquier chico de mi edad y no tener mala conciencia por pasármelo bien. No sé lo que es eso y me jode, cómo no va a joderme. Los únicos viajes de más de dos días que recuerdo fueron a monasterios, santuarios o retiros espirituales; sé ayudar en misa y tocar la campanilla en el momento oportuno, el Señor Mío Jesucristo, las Bienaventuranzas, recito los pecados capitales sin titubear... ¿Sigo, quieres que siga? Cuando el temido señor Rovira se enteró de que mi hermana Esther se había casado por lo civil me llamó a su despacho para hacerme ver que lo que había sucedido era una catástrofe, que tenía que hacer todo lo posible para que pasara por la Iglesia, porque de lo contrario iba a condenarse. Ella y toda su familia. Sólo faltó que la llamara puta en mi cara.

Estaba a punto de ponerme a llorar. Joan tenía razón, no me gustaba escarbar en mi pasado.

—Pero lo que de verdad me jode, Joan, a lo que no dejo de darle vueltas, es a que si hubiera estudiado en un instituto probablemente no habría acabado acostándome con un chapero la primera vez, porque mucho antes habría conocido a un maricón como yo. Y aquel maricón me habría presentado a otro, y yo habría podido tener una pandilla con la que sentirme a gusto y no estar tan jodidamente solo hasta que apareciste. Porque mis miedos me los he comido solo, tumbado en mi habitación escuchando música o leyendo, leyendo sin parar todo lo que caía en mis manos. Y de la misma manera que los tíos y las tías suelen liarse durante esa época, supongo que a mí me habría pasado lo mismo y habría acabado en la cama con otro tío mucho más pronto de lo que lo hice y no de aquella manera tan cutre.

—¿Te las has hecho ya, Jorge?

El camarero llegó con la cuenta.

—La última y nos vamos. Pero una para cada uno, ¿eh, Joan? Nada de compartir. La necesito.

—Invita la casa —dijo el camarero.

—¿Ves? Esto en Barcelona no pasa, Joan.

—Quizá porque no les prestan atención a los chicos guapos. Lástima que los chicos guapos siempre tengan novio.

Dejé de mirar a Joan y me encontré con la mirada del camarero. Me sonrió, se dio media vuelta y se largó.

—Pero si está buenísimo. ¡Y se piensa que somos novios!

—Jorge, lleva tonteando contigo desde que entramos y no te has dado cuenta.

—¿De verdad? Tienes razón, no me he dado cuenta, y mira que yo siempre estoy a la que salta. ¡Pero tenía tantas ganas de verte, de hablar contigo!

—Bueno, ya arreglaremos lo del camarero antes de irnos porque, aunque ahora se haya hecho la digna, a este te lo tiras. Te lo digo yo.

Sonreí.

—Te he preguntado por las pruebas, Jorge. —Joan se puso serio. Sabía que era un tema que me provocaba mucho dolor—. Que si te las has hecho ya...

Mi mente viajó a aquel pasado reciente que marcaría mi vida para siempre, al momento en el que después de estar con el chapero llegué a casa y me metí en la cama. ¿Conseguiría dormir más de tres horas seguidas? Lo dudo. Pese a que estábamos en la primera semana de enero, el cuello me sudaba como si acabara de despertarme de una siesta de verano. Me iba a morir. Vuelta en la cama. Sin embargo, llegados a aquel punto, la muerte no era lo que más miedo me producía, sino imaginar cómo iban a sobrellevar mi fallecimiento mis padres. Otra vuelta y posición fetal. Daba por sentado que me había infectado. ¿Cómo no iba a infectarme si había hecho algo tan malo como tener sexo con un hombre? Más vueltas. Benetton acababa de sacar un anuncio en el que se veía a un escuálido moribundo repleto de sarcoma de Kaposi rodeado por sus seres queridos. Vendieron que era un remedo de la *Pietà* pero a mí me parecía de una crudeza, de un oportunismo y de un hijoputismo extremo. Recordar el anuncio y dar otra vuelta en la cama fue todo uno. ¿Soportarían mis padres la vergüenza que iba a suponerles enterrar a un hijo que moría por culpa de una enfermedad que sólo sufrían los degenerados? Estaba decidido: al día siguiente iría a hacerme los análisis. Echando cuentas y con la información de que se disponía hasta el momento —infección, período de incubación, explosión del virus—, me quedaban unos seis o siete años de vida. A lo sumo diez.

El lunes por la mañana cogí el metro pero no fui a la facultad, sino que dirigí mis pasos hacia un laboratorio que había en la calle Balmes, muy cerquita de plaza Universidad. Me abrió la puerta una chica muy atractiva, morena y con el pelo rizado. Ni me hizo pasar a ninguna salita ni me invitó a tomar asiento, aquello tenía toda la pinta de convertirse en una visita del médico.

—¿Puedo ayudarte en algo?

—Sí, miiiira... —Entonces pronuncié de corrido la frase que llevaba ensayando toda la noche—: Ayer estuve con un chico que se prostituye y tengo miedo de que me haya contagiado algo.

Llevaba el discurso muy bien preparado. Al decir «estuve con un chico que se prostituye» quería dejar bien claro —o al menos sembrar la duda al respecto— que había ligado con él y que bajo ningún concepto había recibido compensación económica por mi parte. Y, sobre todo, quería evitar a toda costa pronunciar el nombre de la enfermedad que iba a costarme la vida.

—¿Hubo penetración?

—No, no —contesté algo ofendido—. Sólo sexo oral. Sin preservativo.

—Puede que te hayas contagiado, pero hasta dentro de tres meses no puedes venir a hacerte los análisis.

Si mi intención era que en aquel laboratorio se

me proporcionaran dosis de paz no cabía duda de que había acudido al lugar equivocado. Lo abandoné derrotado y con los ánimos por los suelos. Desde el momento en el que dejé atrás el edificio supe que sería incapaz de reunir el valor necesario para hacerme la prueba, que no iba a volver a los tres meses y que desde aquel preciso momento tendría que aprender a convivir con el profundo desasosiego que provoca la incertidumbre.

Perdí la alegría. Si años atrás disfrutaba quedándome solo en casa devorando libros y más libros sin parar a partir de entonces busqué la soledad para evitar establecer lazos emocionales con las personas que pudieran surgir en mi camino. Total, ¿para qué iba a intentar conocer a gente si mi vida tenía fecha de caducidad? Así que dejé de salir varios fines de semana porque me sentía incapaz de divertirme. Seguro que la primera vez de los demás había sido romántica, sin pagar, sin remordimientos, y no aquella cosa tan sórdida y acelerada que fue la mía. Además yo había estado con un tío, con la de peligros que aquello conllevaba, no había más que ver cómo se había quedado de deteriorado Rock Hudson por maricón, y de que estaba a punto de palmarla no cabía la menor duda, llevaba la muerte escrita en la cara. Me ponía triste cumplir años porque pensaba que llegaría el día —no muy lejano— en que no podría celebrarlos, lo mismo que las Navidades o el

Año Nuevo. Cualquier fecha señalada alteraba mi delicada estabilidad emocional, pues imaginaba que por mi culpa la tragedia y la vergüenza iban a instalarse en mi familia.

Mi experiencia con el chapero marcó mi manera de relacionarme: puesto que yo podía formar parte de aquel ejército de condenados que morirían víctimas de una enfermedad vergonzosa se me vedaba la posibilidad de vivir mi sexualidad a la luz del día. Yo me lo había buscado: a partir de entonces debería moverme en el mundo de las sombras, y las saunas y los cuartos oscuros se convertirían, pues, en mi hábitat natural. No me merecía nada mejor, y todo por mi culpa, por mi culpa, por mi grandísima culpa. Por ser como era y no luchar con más fuerza contra mi instinto.

Cierto que de vez en cuando intentaba aparcar la tristeza en casa y quedaba con Joan para salir de copas y acabábamos en discotecas; incluso de vez en cuando ligaba y me iba con un tío a su casa, aunque jamás me quedaba a dormir, porque así evitaba tener que dar explicaciones en la mía. Prefería llegar tarde a dormir fuera, ya que significaba someterme a un interrogatorio relacionado con la identidad de la persona con la que había pasado la noche, y siempre llegaba el momento en el que, agotado de tanto mentir, me encerraba en mi habitación dejando a mis padres con la palabra en la boca. Ellos lo atribuían a mi mala educación cuando en realidad no era más que una huida. De ellos y de mí mismo.

Desde entonces mantengo una relación complicada con el sexo. Comprobé que en el ambiente gay no resultaba difícil echar un polvo, y tener veinte años y poder follar con facilidad era una mezcla explosiva. Cuando Joan no podía acompañarme no me suponía ningún problema salir solo y emprender la misma ruta que seguíamos cada vez que salíamos juntos: primero una copa en un bar de la calle Muntaner, una segunda para entrar en calor y, si había alguien que nos gustaba, hacíamos tiempo tomándonos otra. Al final dábamos con nuestros huesos en una discoteca —Metro, siempre la misma— y, como invariablemente llegaba entonado, me dedicaba a bailar con particular soltura los éxitos más horteras del momento. Todo cambió cuando una vecina del barrio con la que había jugado muchísimo cuando éramos pequeños me paró cerca de mi bloque y me dijo:

—Me han dicho que vas a la Metro.

Me quedé helado. Así que sabía que yo era gay... Sentí pánico. Y si lo sabía podía comenzar a contarlo en el barrio, y todo el mundo se enteraría, incluso mis padres. No supe qué responder.

—Tranquilo, yo también voy —me confesó.

Los nervios desaparecieron al momento. Antonia no iba a delatarme, sólo me había tendido un cable. ¿Así que ella era lesbiana? En aquel preciso momento entendí algunos de sus comportamientos: que se cabreara tanto con los que me llamaban marica, lo poco que le costaba darles una hostia si insistían en meterse conmigo y que jugara tan bien al fútbol.

—Pero a partir de aquel encuentro con Antonia todo cambió, Joan. Si Antonia se había enterado que yo iba a Metro, bien podía enterarse otra gente, y yo no podía contar con que todos fuesen tan discretos como ella y no fueran con el cuento por el barrio. Así que se añadía otro problema a mi particular cuenta de haberes: el temor a ser descubierto por algún conocido. Pero yo ya había probado el placer que podía llegar a producir el sexo y no estaba dispuesto a renunciar a él aunque después de correrme tuviera que lidiar con unos remordimientos implacables. Seguí yendo a Metro cuando estaba cachondo, o sea, muy a menudo, lo mismo me daba que fuera fin de semana o entre semana. Pero en cuanto traspasaba sus puertas iba directo al cuarto oscuro para evitar cruzarme en la pista de baile con alguien que pudiera conocerme. Allí me enrollaba con gente que intuía que estaba bien, y en cuanto acababa volvía a casa sintiéndome sucio, deseando que pasaran los días para olvidar lo que había sucedido. Lo peor era cuando te dabas cuenta de que te lo habías hecho con un tío mucho mayor, o con alguno de tu edad que si te lo encontrases a la luz del día cruzarías de acera por temor a que te contagiara algo o que te robara. Yo me prometía que no volvería a ir a sitios tan decadentes como aquellos, pero volvía, claro que volvía. Siempre.

»Ya te digo, no sólo el fin de semana, también un lunes, un martes; aquella mezcla de sexo anónimo, oscuridad y tormento comenzó a atraerme muchísimo, y había veces que cuando acababa las clases en la facultad hacía tiempo para cenar algo por Barcelona, luego me metía en el cine y, pasadas las doce, ya estaba en la discoteca dispuesto a meterme en el cuarto oscuro. Recuerdo que un miércoles, aprovechando el día del espectador, fui a ver una película de Pilar Miró en la que aparecía un verso de Valente: "La soledad es un farol certeramente apedreado." Después acabé medio pedo en un cuarto oscuro intentando recitarle el verso a un chaval con una pinta de yonqui que no podía con su alma, y el pobre no entendió nada, claro. Pero yo jamás volvía a casa sin correrme; no me preguntes por qué, quizá porque no quería irme a dormir con la sensación de que me habían rechazado incluso en un cuarto oscuro. Durante todos aquellos años fui incapaz de quedar a la luz del día con alguno de los tíos con los que me lo montaba, pues consideraba que el amor no podía nacer en aquellos estercoleros que frecuentaba. Sin embargo, relacionaba el sexo con la compañía, aunque fuera efímera. Un horror, Joan, un círculo vicioso del que más o menos estoy saliendo aquí, en Madrid, pero hay comportamientos que siguen estando ahí por mucho que luche contra ellos: soy incapaz de salir sin beber, necesito estar atontado para poder estar en un bar, todavía siento esa ansiedad que sentía en Barcelona cuando iba a entrar en un local y, sobre todo, soy incapaz de salir a divertirme. Tengo que acabar llevándome a alguien a casa porque no me gusta llegar solo, me siento mal.

—Yo creía que ibas a saunas y cuartos oscuros porque te gustaba, Jorge. Y lo entendía y no te decía nada porque cada uno se las apaña en el sexo como puede, pero no sabía que lo hicieras por miedo.

—Pues ya ves. Era una especie de adicción, hacía cosas que me producían mucha tristeza, pero no podía dejar de hacerlas. ¿Cómo vas a decirle a un tío joven que deje de follar? Es imposible, Joan, imposible. Y siempre con el rollo de la dichosa enfermedad persiguiéndome, asociando sexo a muerte. Un cacao, una locura. ¿Cómo no vas a beber así?

—Jorge, no puedes dejar pasar más tiempo sin hacerte las pruebas. ¿No ves que no puedes seguir así?

—No puedo, Joan, no puedo. No tengo valor. Me cago de miedo. ¿Y si me dicen que estoy contagiado?

—¿Y si no lo estás? Podrías dejar de torturarte de una manera tan absurda, de sufrir de una manera tan gratuita.

—Prefiero vivir con esta incertidumbre a saber que después de hacerme las pruebas llegará el día en el que tenga que presentarme a recoger los resultados. Claro que pueden decirme que estoy bien, pero ¿qué pasaría si me dijeran lo contrario? ¿Cómo viviría sabiendo que me quedan a lo sumo diez años de vida? ¿Crees que sería capaz de mirar a mis padres a los ojos?

Apuramos las respectivas copas de un trago. No podía más. Me sentía exhausto, vaciado, con ganas de llorar, de gritar y de reír al mismo tiempo. Pero aquella noche no estaba dispuesto a que me venciera la melancolía.

—Oye, vámonos de aquí, que somos los últimos. Y además tengo ganas de que conozcas el Why Not.

—¿Os importa que vaya con vosotros? —nos sugirió el camarero. Y luego me miró y sonrió. Yo le sonreí también e intenté hacerme el interesante con Joan:

—Joan —le pregunté—, ¿te había dicho que la soledad es un farol certeramente apedreado?

—Pues esta noche te voy a dar tanta luz que vas a

parecer Unión Fenosa —respondió el camarero mientras mi amigo, asombrado y divertido, guardaba silencio.

Vaya. El camarero acababa de dejarme bien claro que no era Valente, pero más tarde también fue capaz de demostrarme que no le hacía ninguna falta.

10

BIENVENIDA A LA MANCHEGA

—Mari, hazte a la idea de que tu hijo no vuelve.

Se lo dije nada más entrar en el piso, después de que lo hubiéramos dejado por segunda vez en el aeropuerto rumbo a Madrid. Así como la primera vez había llegado a casa hecho polvo, entonces estaba tranquilo, incluso feliz, qué coño, aunque por mi carácter me cueste tanto utilizar ese tipo de palabras, puesto que me parece que me vienen grandes.

—Mari, ponme un Baileys, anda, que las fiestas navideñas han sido cojonudas.

—¿No te iría mejor un Bitter, después de todo lo que nos hemos zampado?

—Que no. Un Baileys con dos hielos. Hoy que es Reyes acabamos de ponernos tibios y mañana empezamos a cuidarnos otra vez. Que ya vamos teniendo una edad.

Hacía cuatro meses que no lo veíamos, desde que en septiembre se marchara a Madrid. Habíamos hablado por teléfono, sí, y la verdad es que lo notábamos contento, pero yo sé que él se calla muchas de sus cosas para no preocuparnos. Regresó para la Navidad, como dicen en el anuncio, aterrizó en Barcelona el 23 de diciembre y nos dijo que quería pasar todas las fiestas en familia. «Qué raro», pensé para mis adentros —o «para mi capote», como le gustaba decir a mi padre—, porque en los últimos tiempos antes de dejar nuestra ciudad huía de nosotros como un gato escaldado. Por eso cuando me vio nada más bajar del avión y se lanzó a darme un abrazo, se me cayeron los cojones al suelo. No recuerdo que jamás me hubiera abrazado tan fuerte, y encima delante de tanta gente. No lo pude evitar y se me puso una sonrisilla de esas que tanta gracia le hacen a la Mari.

—Mira a tu padre, ya está poniendo la boquita de piñón. ¡Ay, cómo se le cae la baba con su hijo!

Tenía razón la Mari. Como siempre.

Cuando llegamos a San Roque todo le parecía maravilloso, como si no hubiera vivido nunca aquí, el tío. Y al entrar en el octavo tercera se le quedó tal cara de *pasmao* que tuve que decirle:

—Nene, no exageres, que sólo hace cuatro meses que no estás aquí.

—Ya, pero es que se está tan bien en la casa.

Y examinó nuestra mierda de piso como si estuviera contemplando uno de los salones de La Alhambra.

Qué bonita La Alhambra. Y el Generalife. Qué bien me lo pasaba cuando llegaban las vacaciones y venga, ¡carretera y manta! Cómo me gustaba viajar de madrugada. Me iba a dormir bien pronto para levantarme fresco a las cuatro de la mañana y siempre, al despertar, me encontraba a la Mari dándole a la plancha. Nunca se acostaba la noche antes de irnos de vacaciones, vaya palizones se pegaba con la plancha y las maletas. Y luego yo tenía los santos cojones de quejarme cuando ella se olvidaba algo, como lo de la toalla. Más de treinta años juntos y al acabar de ducharme siempre la misma cantinela:

—Mari, la toalla.

Entonces la Mari abría la puerta y me daba la toalla y dejaba la muda encima de la taza del váter. Si no estaba la Mari tenía que echar mano de alguno de mis hijos, pero no era lo mismo. Prefería que me la diera ella, porque cuando abría la puerta del lavabo yo corría la cortina de la ducha y le enseñaba la picha. Y nos entraba una risa muy tonta al acordarnos del primer día que le hice aquello. Fue la primera vez que nos acostamos, en un hostal muy humilde de la Barceloneta. El Rompeolas, se llamaba.

Tendría yo dieciocho años, y hacía uno que la Mari y yo nos habíamos conocido en un baile de Badalona. Al principio ella se pensaba que no me gustaban mucho las tías, porque yo iba a todos los sitios con el Mercadé, un vecino de mi calle que el pobre... Joder, qué habrá sido de él. A veces tengo mala conciencia, veo a mi hijo, y pienso en él y no sé si lo ayudé lo suficiente. Nunca supe qué hacer ni qué decirle cuando me contaba sus cosas. Me cago en la puta, qué mal tuvo que pasarlo.

—Mari, ponme otro Baileys. Me está sentando bien.

—El último, ¿eh?

No quería ponerme triste. Las fiestas habían sido de cojón de mico. ¡Pobre Mercadé!

—¿Te acuerdas de cuando te enseñé la picha en la ducha del hostal?

Nos reímos.

—Anda, Mari, ponte tú otro, a ver si acabamos la noche como Dios manda.

Nada más conocerla, al poco de hablar con ella, me di cuenta de que no era como las demás. Porque las demás no hablaban, se limitaban a sonreír como si fueran idiotas y a decir a todo que sí; en cambio, la Mari me dijo toda seria en cuanto bailamos nuestra primera canción:

—¿Por qué no me sacas de aquí y me llevas a dar una vuelta por la Rambla? Estoy de Bonet de San Pedro y su *Mirando al mar* hasta el coño.

Me hizo gracia que utilizara aquella palabra, aunque a mí sí que me gustaba Bonet de San Pedro. Y Jorge Sepúlveda. Y José Guardiola no tenía nada que envidiar a los cantantes italianos, ¡menuda voz!

—¿A ti no te gustan estos cantantes?

—Sí, pero si los escucho muy seguidos me aburren. Prefiero bailar.

Me despedí del Mercadé con una mirada y la Mari y yo nos largamos del baile. Apolo, se llamaba la sala, y era un sábado, a eso de las ocho de la tarde.

—No quiero entretenerme mucho, no puedo llegar a mi casa más tarde de las diez —me advirtió ella.

—¿Dónde vives?

—En el barrio de La Salud.

—No eres de aquí, ¿verdad?

—No, soy de un pueblo de Albacete.

—Si quieres te acompaño hasta tu casa.

—Bueno.

Me contó que estaba a punto de cumplir los diecisiete y llevaba cinco años trabajando en el taller de una tal Mercedes.

—Estoy aprendiendo a zurcir. Me pagan muy poco, por eso tengo que llevarme ropa a mi casa los sábados y domingos y debo echar una mano, porque mi padre está malo del corazón y no puede trabajar muchos días seguidos sin tener que parar alguno para descansar. Hoy he salido de milagro, fíjate, y cuando llegue tendré que ponerme a zurcir tres pantalones. ¿Tú de qué trabajas?

—No trabajo, estudio. Mi padre no quiere que me ponga a trabajar porque dice que empezarán a gustarme los cuartos y entonces no llegaré a ser perito industrial.

—¿Se te dan bien los estudios?

—Sí, la verdad es que sí. Las matemáticas sobre todo, pero el latín se me atraviesa un poco.

—No me extraña, a mí me da miedo cuando se lo escucho a los curas.

Nos reímos. La Mari siempre me ha hecho mucha gracia. Incluso cuando nos cabreamos tengo que meterme muchas veces en el váter para aguantarme la risa. A mí que nuestro váter sea tan pequeño me parece ya una ventaja: me siento en la taza, apoyo la barbilla en la pila, cierro los ojos y me pongo a pensar. O descanso. Cuando entro en algunos lavabos donde la taza está separada de la pila me parecen muy incómodos, porque no dan ganas de quedarse un rato a descansar después de haberse uno aliviado.

Creo que la Mari y yo nos hicimos novios la misma noche que nos conocimos. Seguimos hablando sin parar hasta que llegamos a su casa, y al despedirnos le arreé un beso con lengua que me dejó loco.

—¿Nos vemos mañana? —pregunté.

—Pues claro.

Y nos vimos al día siguiente. Y al otro. Y al otro también. Yo seguía estudiando, pero cada vez con menos pasión. En cuanto acababa las clases me plantaba delante del taller de la Mercedes y esperaba a la Mari en la puerta. Me gustaba todo de ella: su cintura estrecha, sus ojos violetas, su boca carnosa, lo malhablada que era, sus faltas de ortografía, aquella letra tan picuda que demostraba que había pasado poco por la escuela... Pero, sobre todo, me gustaba que no se hiciera la estrecha cuando nos tocábamos. Yo le enseñé a meneármela, y ella me mostró cómo tenía que tocarla para que se corriera de gusto. Pocas noches volvimos a casa sin habernos corrido. Incluso en Semana Santa, que en aquella época tenía mérito, porque el ambiente no invitaba al cachondeo. Joder, qué trajín con la muerte de Jesucristo, la de años que llevábamos llorando por ella y el luto no se relajaba nunca. Uy, el Baileys, que me está haciendo efecto. Total, que digo yo que deberíamos habernos acostumbrado, pero, coño, parecía que todos los años se moría por primera vez. Ni cines, ni teatros, ni pollas en vinagre. Y las tías en Londres poniéndose minifalda. Si pido otro Baileys la Mari me mata, pero es que me lo estoy pasando tan bien yo solo... Cuando se meta en el baño me echo un chorrito.

Mi padre empezó a notar algo raro. Ya no me quejaba de lo cuesta arriba que se me hacía el latín ni le contaba los avances en las asignaturas. Empecé a saltarme algunas clases, y la cabeza la tenía en otra parte, y es que la Mari me tenía sorbido el seso y el sexo. Una noche mi padre mandó a mi hermana a dormir más pronto de lo habitual y, cuando en el comedor nos quedamos mi madre, él y yo, disparó:

—La del economato me ha dicho que te ha visto pasear por las Ramblas varias veces con la misma chica.

Por el tono de voz advertí que no se alegraba de que tuviera novia.

—Se llama Mari, es de Albacete.

—Vaya, manchega —señaló con desprecio.

Me jodió. Me jodió muchísimo que intentara humillar a mi Mari.

—Bueno, tú eres murciano. Parientes cercanos.

—¡No me faltes al respeto!

Cogí aire. Saqué un cigarrillo del paquete, me lo llevé a la boca, lo encendí con una mezcla de tranquilidad y chulería, le di una calada y, mirándolo a los ojos, le respondí:

—No se lo faltes tú a ella.

Del tortazo que me dio me sacó el cigarrillo de la boca. Cayó al suelo e intenté no alterarme. Volví a cogerlo y le di otra calada. Mi madre se puso a llorar.

—Estás haciendo llorar a tu madre.

—Tranquilo, lleva llorando desde que la conozco.

Me arreó otra hostia, aunque en aquella ocasión me dio tiempo a quitarme antes el cigarrillo de la boca.

—Qué poca vergüenza tienes —sentenció.

—Puede. Pero ten por seguro que si un día veo a la manchega llorar no voy a ser capaz de irme a los toros como si tal cosa por mucho que toree Antonio Ordóñez o el mismo Dios bendito vestido de luces.

Estaba jugando con fuego y lo sabía, pero tenía ganas de saber hasta dónde podía seguir apretando las tuercas. Mi madre continuó llorando y se fue a la cocina. Mi padre agarró con fuerza una botella de Anís del Mono que había encima de la mesa y por un momento me asusté, porque pensé que iba a estampármela en la cabeza, pero en cuanto volvió a dejarla en su sitio supe que había ganado no ya la batalla, sino la guerra.

A mi madre le mataron a una hermana más pequeña que ella durante la guerra. Tenía quince años, la enviaron a comprar azúcar y la reventó una bomba. Dicen que mi madre se quedó muy tocada porque era su hermana favorita, el caso es que yo la he conocido siempre triste. Le afectaban los cambios de estación, las Navidades, la humedad, el frío, el calor, los picores de las fajas, los petardos en las verbenas y en general cualquier muestra de dicha ajena. Recuerdo que un día oyó a una vecina reír a carcajadas y, moviendo la cabeza lentamente, con aire compasivo, como si estuviera perdonándole la vida, pronunció la siguiente frase:

—Claro, como a ella no le mataron a una hermana en la guerra...

Harto de sus continuas quejas, le repliqué:

—Hombre, mama, pero los nacionales fusilaron a su padre.

—No me irás a comparar la muerte de un padre con la de una hermana. Es normal que los padres se mueran, hijo.

—No es lo mismo morir a que te maten.

—¿Me lo vas a decir a mí, que me mataron a una hermana en la guerra?

Era inútil intentar dialogar con ella, porque siempre se salía con la suya; cuando veía que comenzaba a perder pie ponía cara de resignación e invariablemente zanjaba la conversación con la misma frase:

—Es lógico que no me entiendas, eres muy joven...

Y siempre lo decía con un tonillo de superioridad que a mí me ponía frenético.

Pero la verdad es que nunca fui joven, no me dejaron serlo. Por eso les jodió tanto que apareciera la Mari. Por la noche llegaba tan contento que entraba en mi casa silbando, algo que enervaba de una manera muy especial a mis padres, pues no cuadraba con la máxima que me habían inculcado desde pequeño:

—Hijo, tú no te signifiques.

En aquella época tan lúgubre la felicidad era una sospechosa manera de significarse.

Desde que había empezado a salir con la Mari me costaba regresar a casa, sumergirme en aquel ambiente gris y toparme con las miradas cansadas de mis padres. En mi hermana tampoco podía refugiarme: estaba en plena adolescencia, viviendo su particular vía crucis porque en el colegio la llamaban gorda. Me lo contó un día que fui a buscarla al colegio y me la encontré llorando en el patio.

—Me llaman gorda y me tienen envidia porque mis plumieres son mejores que los de los demás —me confesó Carmen entre lágrimas. Pero le presté poca atención, la verdad sea dicha. También me habló de un broche en forma de Bambi que le habían birlado; yo pensé que si no fuera tan pánfila le pasarían menos cosas, pero no se lo dije para no aumentar su sufrimiento.

Y luego estaba lo del sexo, claro, que me tenía inquieto. La Mari y yo no tardamos en darnos cuenta de que no nos bastaba con meternos mano en el cine o por las noches en algún portal. Fue ella la que, viendo una de John Wayne y después de limpiarse los restos de semen de la mano con un pañuelo, me dijo:

—Esto es una guarrada.

Me sentí culpable, como si estuviera aprovechándome de ella. Y lo advirtió.

—Que no, hombre, si no es por lo de la paja. Es que creo que sería más cómodo hacerlo en una cama.

Y al cabo de una semana fuimos a un hostal de la Barceloneta que me había recomendado un amigo.

—Descuida, no os harán preguntas —me explicó—, están acostumbrados a que las parejas de novios vayan allí a follar. Además, como está cerca del puerto, la dueña está hecha a que por allí paren muchas putas. Con lo guapa y lo fina que es la Mari, va a pensarse que se le ha aparecido la mismísima reina de Saba.

Hicimos el trayecto Badalona-Barcelona en silencio, hechos un manojo de nervios. El hostal estaba en un segundo piso, en una zona repleta de cervecerías que despedían un olor a fritanga que echaba *p'atrás.*

—¿Quieres que nos tomemos algo antes? —le pregunté.

—No, no, mejor no. Vamos ya, que parece que todo el mundo me está mirando.

Pero si la miraban era por guapa. Qué guapa era la Mari, joder. De caerse de culo. Cuando paseaba con ella tenía sentimientos encontrados. Por un lado me decía: «Joder, menuda mujer llevo a mi lado», y por otro no paraba de preguntarme qué coño hacía yo con alguien como ella. Incluso mi madre, que era poco dada a repartir halagos, llegó un día del cine, varios años después de que nos hubiéramos casado, y me dijo:

—Jorge, he ido a ver una de la Loren y en las fotos que ponen en la entrada me he dado cuenta de que, al taparle la cara de la nariz para abajo, es igual que la Mari.

Lo repitió durante tanto tiempo, tantas veces le dijo a todo el mundo durante años lo guapa que era la Mari, que el día que enterramos a mi madre yo me extrañé de que ella apareciera con un abrigo lila muy bonito, con unos ribetes negros en el cuello, que le quedaba muy bien. No sé, me quedé un poco impactado al verla y no supe qué decirle; estaba impresionante, pero me daba a mí que no había elegido la ropa más adecuada para el sitio al que íbamos a ir. Como notó mi desconcierto, me explicó el porqué de su atuendo:

—Mira, Jorge, tu madre siempre decía: «¡Qué guapa es mi nuera!», y yo quiero ir así al entierro para que me vea bien guapa antes de que la encierren en el nicho.

Coño, que me estoy poniendo a llorar. Y la Mari mirándome de reojo. Pensará que es del Baileys.

La habitación del hostal Rompeolas, fea y pequeña, daba al mar. Había colgado un cuadro del arcángel San Gabriel que brillaba en la oscuridad y la Mari lo puso de cara a la pared, «porque una cosa es que yo no crea en los curas y otra es que ese señor me vea las tetas».

—¡Y el trigémino! —remataté yo.

Qué risa nos entró cuando pronuncié aquella palabra tan absurda. Me gustó que la Mari no tuviera remilgos a la hora de quitarse la ropa y que no me obligara a que la habitación estuviera a oscuras. Había quedado claro que a los dos nos gustaba el sexo, y ella no era de las que se sentían guarras por hacerlo. Para los dos era la primera vez, y yo estaba tan alterado que me corrí nada más metérsela. Fui a por un cigarro, me tumbé a su lado y sonreí con aire triunfal hasta que me confesó:

—Jorge...

—Dime —acerté a responder casi entre suspiros.

—Que yo no me he enterado.

Me quedé planchado, sin saber qué decir, hasta que ella volvió a sugerirme:

—Apaga el cigarro, anda, y vamos otra vez a la faena.

Volvimos «a la faena» y aquella vez llegamos a corrernos los dos. Descansamos un poco y comenzamos a juguetear de nuevo. Me gustaba tocarle las tetas y darle mordiscos suaves en los pezones, hasta que ella me empujó la cabeza con las manos para que bajara a su sexo. Después de lamérselo un rato ella hizo lo mismo con el mío y volvimos a corrernos.

—¡Las nueve! Madre mía, en mi casa me matan.

—Tranquila. Lo tengo todo preparado, hoy volvemos en taxi como unos señores.

En la ducha sólo tenía ganas de reír y de seguir jugando. Llamé a la Mari en voz baja, como si fuera a contarle algo muy feo de Franco, y cuando abrió la puerta del lavabo corrí la cortina de la ducha y le enseñé la picha. Nos dio tal ataque de risa que a duras penas pude pedirle:

—Anda, ven a ducharte conmigo.

Y fue debajo de un miserable chorro de agua templada donde me di cuenta de que no quería seguir viviendo si no era con ella.

—Mari, acábate el Baileys y vente conmigo al sillón.

—Hijo mío, cómo estás de cariñoso.

Sí, estaba cariñoso, aunque también un poco borracho. Cuando se sentó a mi lado tuve ganas de decirle que la quería, pero pese a mi estado no conseguí que aquellas palabras salieran de mi boca, e intenté decírselo con otras, a mi manera.

—Los tuviste *cuadraos*, ¿eh?

No hacía falta que le explicara por qué, ella sabía muy bien a lo que me refería.

—Es que me daba mucha pena que tuvieras que volver todas las noches a aquella casa tan triste.

—Pero fuiste muy valiente, Mari. Y te lo agradezco.

Intenté pronunciar «de verdad», pero comencé a llorar y me resultó imposible.

—No bebas más, que mira lo tonto que te pones.

Pero era verdad, la Mari tuvo más cojones que el caballo de Espartero. Yo no sé si habría sido capaz de hacer algo así. Vamos, para qué dudarlo, no habría sido capaz. La situación en mi casa fue volviéndose cada vez más insostenible. Cuando le confesé a mi padre que a lo mejor no seguía estudiando porque lo que en realidad me apetecía era ponerme a trabajar para labrarme un futuro al lado de la Mari, dejó de hablarme. Pero antes aprovechó para cargar toda su ira contra ella.

—¡Maldita manchega!

—La quiero.

—Si en vez de salir tanto con el dichoso Mercadé te hubieras ido de putas no estaríamos pasando este calvario ahora.

Fue un golpe bajo, pero no quise entrar al trapo. Mi madre me sorprendió, porque en aquella ocasión no se puso a llorar, sino que comenzó a suspirar cada dos minutos con una pasión tal que parecía que estuviera despidiéndose de la vida. A ella no le importaba demasiado que yo dejara de estudiar, lo que la sublevaba era tener que compartir a su hijo con una mujer más joven y más guapa.

La Mari me lo propuso un domingo por la tarde en la cama del hostal de la Barceloneta, después de echar un polvo. Estaba yo contándole lo duro que se me hacía tener que verle la cara a mi padre al cabo de un par de horas cuando soltó la bomba:

—Déjame embarazada.

Me incorporé del susto.

—¿Qué coño estás diciendo?

—Que me dejes embarazada y te vengas a vivir con mis padres. Mi hermana está a punto de casarse y ya no tendré que compartir habitación. De momento podríamos vivir ahí los dos.

—Pero ¿te has vuelto loca?

—No. He hablado con mi padre y me ha dicho que por él ningún problema. Sólo pone una condición: que nos casemos para no matar a mi madre del disgusto. Jorge, yo creo que mi padre va a morirse pronto, está muy malico del corazón, con tal de tenerme cerca es capaz de pasar por lo que sea.

—Las vecinas van a sacarte los colores, irás a la boda de penalti.

—Anda y que las zurzan. Es que sé que si no lo hacemos así no vas a ser capaz de plantarle cara a tu padre y ponerte a trabajar.

Cuando aquella noche llegué a casa comencé a pensar que el plan de la Mari no era ninguna tontería. Me encontré a mi padre sentado en una silla con los brazos cruzados y a mi madre suspirando, como de costumbre. Mi hermana me miraba con mala cara porque pensaba que yo era el culpable de que la familia estuviera pasando por un trance tan amargo, qué disgusto, el Jorge no iba a estudiar y estaba a punto de destrozarse el porvenir por culpa de una mujer que lo tenía hechizado perdido. Una hecatombe.

—Mari, que por mí vale. Si tú tienes valor, yo te sigo.

Se lo dije al día siguiente, cuando fui a recogerla al trabajo. Y ella sonrió.

—Pues tendremos que ponernos a la tarea cuanto antes.

Una vez tomada la decisión, no hablamos más del tema y nos pusimos a follar sin descanso para que se quedara embarazada lo antes posible. Lo hacíamos donde podíamos, del hostal sólo echábamos mano de vez en cuando, ya que nuestra economía no daba para muchas juergas. Al tiempo que estudiaba, ayudaba ocasionalmente a mi padre reparando transistores, y la Mari entregaba en casa la mayor parte de lo que ganaba. Los dos esperábamos ansiosos a que cayera la noche para dirigirnos a la playa y empezar a hacerlo en un lugar apartado, pero también lo hicimos deprisa y corriendo en algún portal, e incluso de pie contra los muros de algún descampado. No descarto que mi hija Ana fuera concebida de esta última forma.

Cuatro meses después, la Mari me dijo un jueves al salir del trabajo:

—Ya está.

Sabía a lo que se refería, claro. Iba a ser padre, pero aquello era lo de menos, lo importante era que con su embarazo estaba concediéndome mi particular carta de libertad.

—Vamos a dar una vuelta por las Ramblas —le propuse no para celebrarlo, sino para diseñar la estrategia que debíamos seguir a partir de aquel momento.

Estábamos sentados en una terraza compartiendo una cerveza y yo no paraba de proponer alternativas: el próximo domingo después de comer hablo con mis padres; o mejor no, el sábado por la noche voy a buscarte y nos presentamos los dos en mi casa; quizá lo que deberíamos hacer es...

—Jorge, paga esto que vamos a decírselo ahora

mismo, no tenemos ninguna necesidad de esperar. Cuanto antes, mejor.

Me cagué vivo, pero la Mari tenía razón. Llevábamos varios meses buscando aquella situación, no tenía ningún sentido esperar más tiempo. El camino hacia mi casa lo hicimos en silencio, cogidos de la mano. De vez en cuando yo le daba un apretón fuerte, muy fuerte, y ella, antes de responderme con otro, me miraba, sonreía y acercaba la cabeza a mi pecho. Estaba muerto de miedo, aquello no había quien me lo quitara, y es que temía a mi padre más que a un *nublao.* Sabía que se iba a armar.

—Mari, ¿te acuerdas de cuando se lo dijimos a mis padres?

—Pero, Jorge, ¿qué te ha dado hoy con los recuerdos? Aquello pasó hace ya muchos años.

Llegamos a la puerta de mi casa. Antes de abrirla le di un beso tan fugaz que sólo fue un roce de labios. Ella me dijo con los ojos entrecerrados «Tranquilo», y al entrar nos encontramos una estampa que ya nos resultaba familiar: mi padre con los brazos cruzados, un suspiro de mi madre como bienvenida y Carmen lloriqueando porque en el colegio habían vuelto a llamarla gorda.

—Si te vas a la habitación mañana te compro un bollo —le dije a mi hermana.

Entre un bollo y presenciar una conversación paternofilial ella tenía bien claras sus preferencias: dio las buenas noches y se fue a su habitación. La Mari y yo nos sentamos frente a ellos y mi padre se puso tieso como un palo y mi madre dejó de suspirar. Sin duda advirtieron que iba a suceder algo porque ambos estábamos muy serios. Yo había ido ensayando mi discurso desde que la Mari me había dicho que pagara la cerveza en la terraza de las Ramblas, así que comencé a hablar como si recitara una lección muy bien aprendida:

—Tenemos que contaros algo, sabemos que no va a gustaros mucho...

Mi padre cortó mi discurso:

—Me cago en Dios, me cago en la madre que parió a Peneque, me cago en mi estampa. ¡La manchega está embarazada!

No hizo falta que siguiera hablando. La Mari me dio la mano y me la apretó, ya sólo quedaba aguantar el tirón. Miré a mi padre y me vino a la cabeza aquella canción que decía «Rascayú, cuando mueras qué harás tú / tú serás un cadáver nada más...». Joder, estaba a punto de escapárseme la risa.

Mi padre se tapó la cara con las manos y mi madre se puso a llorar, pero aquella vez de verdad:

—Qué vergüenza, se enterará todo el mundo. Qué vergüenza me va a dar salir a la calle, con qué cara voy a ir yo ahora a comprar a la plaza.

—Conozco a una persona que... —intentó proponer mi padre.

—¡Ni se le ocurra! —fue la Mari la que cortó en seco la frase—. Quítese de la cabeza que yo vaya a quitarme de encima lo que venga. No se preocupen, de momento el Jorge se viene a vivir a casa de mis padres y luego ya nos apañaremos.

—¿Y los estudios?

—Papa, no quiero seguir estudiando. Quiero ponerme a trabajar.

Le cayeron de repente diez años encima. Sus sueños se fueron a tomar por culo y se convirtió en la viva imagen de un hombre vencido, derrotado. Mi madre era incapaz de mirar a otro sitio que no fuera al suelo y, con voz apenas audible, nos preguntó:

—Os casaréis, ¿verdad?

Y la Mari se levantó, la acunó como si fuera una niña y la tranquilizó:

—No se preocupe, Ana. Claro que nos casaremos. Y va a irnos muy bien. Y ustedes van a ser unos abuelos buenísimos.

Mi padre comenzó a llorar. Primero en silencio, luchando contra su llanto, intentando que no fueran demasiadas las lágrimas que rodaran por sus mejillas. Pero una vez hubo comprobado que por mucho que se empeñase no iba a poder luchar contra su dolor, se dejó ir y empezó a llorar como un recién nacido. Mi madre, que jamás lo había visto así, se olvidó por una vez de que ella era la sufridora oficial de su casa y se dedicó a tranquilizar a su marido pasándole la mano por la nuca como si fuera un perrito.

—Yo no quería esto para ti —acertó a decir mi padre entre sollozos.

—Y yo no quería seguir viviendo así. Estamos en paz. Vámonos, Mari, que te acompaño a tu casa.

—Mari, ¿y si nos casamos otra vez?

—¿Es que no tuviste bastante con la primera?

No. No tuve bastante. Tuvimos que casarnos deprisa y corriendo para que se le notara la tripa lo menos posible. Cuando alguna vecina nos paraba por la calle y nos preguntaba con malicia por qué nos casábamos tan pronto, la Mari la cortaba:

—Mira, Angelita, es que me he quedado embarazada. Chica, un descuido, puede pasarle a cualquiera, pero dile a tu hija que ande con cuidado, no vaya a pasarle lo que a mí... Qué le vamos a hacer, no era buscado pero, ya que estoy, pues seguimos *p'alante*, total, íbamos a casarnos dentro de pocos meses.

La Angelita de turno se quedaba a cuadros, como era lógico. Y la Merche de la panadería, y la Pepa de las longanizas, y la Josefina de la tintorería... A mí, cuando la Mari empezaba con sus explicaciones, me entraba la risa, y cuanto más notaba ella que yo me reía, más se extendía con sus peroratas y más detalles se inventaba:

—Y fíjate, Juani, que siempre poníamos de nuestra parte para que no pasara lo que ha pasado, pero cuando está de Dios, está de Dios. ¡Tengo ya unas ganas de verle la carita! Y no me lo preguntes: me da igual que sea niño o niña, lo que quiero es que venga sano.

Y yo venga a reírme más todavía. Incluso el día de la boda tuve fuerzas para reírme, aunque me costó lo mío, porque parecía que nos llevaran al matadero. La Mari estaba ya de cuatro meses y comenzaba a notársele la tripa. Por aquella época todas las mujeres que se casaban de penalti intentaban disimular las barrigas, pero la Mari tenía muy claro que no iba a pasar por el aro.

—Y una leche que se coman. Yo no me voy a poner un saco. Bastante que me obligan a casarme a las seis de la mañana.

Y se plantó un traje de chaqueta oscuro y tan ajustado que no sólo no disimulaba la tripa, sino que la realzaba.

Vaya gentuza los curas. A las seis de la mañana tuvimos que casarnos porque consideraban que no era de recibo plantarse con una barriga en el altar para pronunciar el «Sí, quiero». Habíamos sido malos, nos habíamos comido el cocido antes de las doce, ¿es que no sabíamos aquello de «besos y abrazos no traen niños pero tocan a vísperas»? Según ellos no nos merecíamos casarnos a la luz del día, debíamos hacerlo a escondidas para que nuestra desvergüenza no adquiriera notoriedad. Qué asco, joder. ¡Qué asco! A las cinco y media de la mañana nos encontramos la Mari y yo delante de la iglesia, todavía era noche cerrada y parecía que íbamos a perpetrar un crimen. Mis padres y los suyos se saludaron con tristeza y todo pintaba fatal, porque los escasos familiares que habíamos invitado llegaban con tal cara de circunstancias que parecía que iban de funeral en vez de a una boda. A las seis menos diez apareció por fin el cura que iba a oficiar la ceremonia y se dirigió a la Mari.

—Usted podría haberse vestido con más decoro, con un traje más holgado... Se le nota la barriga.

—Y usted podría haber tenido un poco de compasión y casarme a las doce, porque no sabe lo que me ha costado levantarme a las cuatro y media de la mañana. Con decirle que he estado a punto de no venir...

Silencio. La Mari no apartaba la mirada del cura y este no sabía si perdonarnos o enviarnos directamente al infierno. Yo a duras penas pude decir «Mari, por Dios», y cuando parecía que la situación no podía ir a peor, oímos al padre de la Mari emitir unos sonidos extraños. Todas las miradas se dirigieron entonces hacia él y comprendimos que estaba haciendo lo imposible por contener la risa. Yo no sabía dónde meterme, porque la risa de mi suegro comenzó a contagiarse al resto de la gente: primero a mí, luego a mi padre y después a mi futura esposa. Las únicas que guardaban la compostura eran nuestras madres. Si no hubiera sido pecado el cura nos habría asesinado allí mismo.

—¡Acabemos con esto cuanto antes! —bramó.

—Eso, eso, rapidito, que son las seis de la mañana y se nos está haciendo tarde —remató la Mari.

Aquello ya fue el despiporre. ¿Cómo no iba a querer pasar el resto de la vida con una mujer que era capaz de darle la vuelta a una situación tan miserable?

Estaba ya bastante borracho cuando le dije:

—Venga, Mari, vámonos a la cama a ver si cae algo.

—Anda, que estás tú bueno para moverte mucho.

Cuando me tumbé todo me daba vueltas, demasiadas, pero al abrazarla me sentí seguro. Allí estaba siempre ella, consiguiendo que me calmara cuando a mi alrededor todo eran turbulencias. Estaba eufórico. Había visto a mi hijo mejor que nunca, no se había resistido a la hora de salir a pasear conmigo y hasta nos había dicho que en Madrid nos echaba de menos.

—¿Sabes qué te digo, Mari?

—Qué.

—Que prefiero tener un hijo maricón a fraile.

—¡Ese no lo había oído yo nunca! La gente dice que prefiere tener un hijo muerto antes que maricón.

—Ya, ya, pero yo sé muy bien lo que me digo.

Y aunque intenté meterle mano para ver si podíamos hacer algo me quedé dormido en el intento.

11

—

DANIEL

Cuando moví la pierna me di cuenta de que había alguien en mi cama. Intenté hacer memoria. Salí a cenar con Pablo y con Luis, luego nos fuimos a tomar una copa, después nos metimos en el Why Not a tomar otra, y luego otra, y después también otra. Sí, creo recordar que ellos se largaron porque me habían dejado con un ligue, por lo tanto el tío que me daba la espalda debía de ser un cordobés bastante mono que estudiaba Empresariales. Quise incorporarme para verle la cara y certificar su identidad, pero él se me adelantó, se dio media vuelta y nuestras miradas se toparon. No era el cordobés.

—¿Quién eres? —le pregunté con los ojos abiertos como platos—. Tú no eres cordobés, ¿verdad?

—Vaya, ayer estabas más cariñoso. Bastante más cariñoso, diría yo.

Intenté escarbar de nuevo en mi memoria. Él lo notó.

—El cordobés acabó dándote puerta porque no entendía lo que le decías, ibas un poco *tocao.* Yo también, aunque no tanto como tú, y tengo que decirte que te olvidaste pronto del otro. Me asombró tu capacidad de recuperación, porque a las primeras de cambio intentaste meterme en tu cama.

—Pues parece que no te resististe mucho. —Me picaron tanto sus palabras que se me vino a los labios una contestación algo resabiada, y sellé mis labios para no seguir metiendo la pata.

El tío no estaba mal. Mucho mejor que el cordobés, que resultó ser un niñato de provincias que pretendía tomarse un café al día siguiente para que nos conociéramos mejor antes de follar. Qué manía con lo de los cafés. Puede llegar a ser más embarazoso tomarse un café que follar.

—Creo que he salido ganando con el cambio —solté, y no mentía—. ¿Cuántos años tienes?

—Cuarenta y uno. Bien puestos, creo.

Creía bien. O al menos eso intuía yo, porque todavía no había tenido la oportunidad de hacerle un reconocimiento exhaustivo. La persiana estaba casi echada, así que me levanté a subirla un poco más con la excusa de saber la hora y poder mirar el reloj que había en la mesilla de noche.

—¡Las dos de la tarde! —exclamé falsamente asustado.

Aproveché para mirarlo. Sí, valía la pena. Moreno, rostro anguloso, bonitos ojos, sonrisa agradable. Y, lo mejor de todo, tenía todas las piezas dentales.

—¿Estás examinándome?

Me había pillado. Podría haberle mentido, pero estaba corto de reflejos. Preferí guardar silencio en vez de inventarme una respuesta idiota.

—Ven a la cama —me propuso.

—¿Es una orden? —pregunté con un tono de voz que bien podría haber utilizado Mae West. O, mejor, una aspirante a Mae West.

No respondió. Me agarró del brazo, me tumbó en la cama y me metió la lengua en la boca con una voracidad que me sacudió toda la tontería que llevaba encima. Cuando se puso sobre mí noté que estaba empalmado y, como es lógico, no me costó nada empalmarme también. Me acariciaba el cuerpo con ansia, y su lengua comenzó a viajar de mi boca al cuello, de ahí a las orejas y volvió de nuevo a juntarse con mi lengua para después descender a mis pezones y recrearse en ellos alternando lametones y mordiscos. Lo aparté de mí con brusquedad.

—¡Para! —le exigí con rabia.

—¿No te gusta? —preguntó desencantado.

—¡Estoy a punto de correrme!

Se lo dije cabreado, como si él tuviera la culpa de hacerme disfrutar tanto y tan rápido. Al darme cuenta de lo absurdo de la situación no pude evitar que me entrara la risa: estaba riñendo a un tío porque me estaba matando de gusto. Él se relajó y también comenzó reírse.

—Necesito un café, ¿te apetece uno? —le propuse.

—Vale. Te ayudo.

—No hace falta. Vuelvo en un momento. ¿Con leche o sin leche?

—Solo.

Regresé con dos cafés bien cargados. Creo que ambos los necesitábamos.

—¿Cómo me llamo? —preguntó entonces él de sopetón.

Mierda. Me había pillado desprevenido, el tío no era tonto.

—¿Acaso crees que no lo sé? —respondí intentando hacerme el ofendido, pero no coló.

—Pues claro que no lo sabes. Daniel, me llamo Daniel. Y tú eres Jorge. ¿Ves? Yo sí que me acuerdo de tu nombre.

—Vale, lo reconozco, no me acuerdo de nada. No sabía cómo te llamabas, no sé si me dijiste tu edad, no sé en qué trabajas, de dónde eres ni dónde vives... Es más, ni siquiera sé cómo has llegado hasta mi cama. Pero da igual, estoy contento de que estés aquí.

Sonrió, y a mí me dieron ganas de abrazarle.

—Yo también estoy muy contento de haber venido. Cada vez más. Me hace gracia que te enfurruñes con tanta facilidad —reconoció Daniel.

—Mi padre me llama el pequeño dictador.

—Tu padre debe de ser un tío muy listo.

De lo que menos me apetecía hablar en aquel momento era de mi padre. Me bebí el café de un sorbo y volví a meterme en la cama.

—¿Qué tal si comenzamos de nuevo, Daniel?

—Será un placer, cascarrabias.

Retomamos el trabajo que habíamos iniciado anteriormente todavía con más ganas. Nuestros dedos recorrieron nuestros cuerpos a todas las velocidades posibles y las lenguas hicieron parada y fonda en nuestros sexos, y cuando parecía que ya no nos quedaba más que corrernos preguntó:

—¿Tienes condones?

—¿Para qué? —repliqué casi angustiado.

Se incorporó de golpe.

—No vas a dejarme que te la meta, ¿verdad? —dedujo.

No fui capaz de mirarle.

—Nunca me lo han hecho. Me hace daño.

Al escucharme me dieron ganas de pegarme, por gilipollas. Parecía una novicia.

—Joder, qué trabajera me vas a dar. Vamos a corrernos antes de ir a comer, porque tendrás hambre, ¿no?

No me dio tiempo a contestarle, pues al tiempo que me metía la polla en la boca él hacía lo mismo con la mía. Y sí, antes de irnos a comer, nos corrimos.

La primavera estaba estrenándose y apetecía pasear por Madrid. Y más a su lado. Cuando vivía en Badalona nunca quedaba a la luz del día con ninguno de los tíos que conocía por la noche; mis relaciones se iniciaban con la caída del sol, finalizaban justo antes del amanecer y entraban a formar parte del olvido en cuanto ponía los pies en el octavo tercera. En Madrid es donde fui capaz de ver por primera vez de día la cara de algunos de mis amantes.

Atravesamos la Plaza Mayor para coger la calle Toledo y luego acabar en la Cava Baja. Era sábado y la gente tenía tomada la calle.

—¿Hace una caña, moreno?

El tal Daniel estaba consiguiendo que me sintiera muy a gusto a su lado.

—¡Ay, sí! Así equilibramos el pH.

Me sorprendió cuando en plena plaza Mayor me agarró de los hombros, me besó los labios y me dijo al oído:

—Hace un día cojonudo. Me encanta pasarlo contigo.

En la Cava Baja, y ya con las cañas en la mano, brindamos y, mirándome a los ojos, dijo:

—Por nosotros.

Y después de brindar volvió a besarme los labios sin importarle que estuviéramos rodeados de gente que no conocíamos. En vez de ponerme nervioso, me tranquilizaba estar al lado de alguien tan decidido.

Trabajaba dando clases de literatura española en el Beatriz Galindo.

—¡Conozco el instituto! Sale en *Nubosidad variable*, mi novela favorita —respondí yo emocionado.

—Cierto, ahí estudiaban las protagonistas cuando eran jovencitas.

—«Y él dijo, deteniéndose debajo de la luz de un farol, antes de besarme: "¿No te parece que ahora es siempre?". Y entonces supe que ese amor me iba a asesinar lentamente porque no era para durar». ¡Me sé partes del libro de memoria!

—¿Otra caña, moreno?

—¡Claro que sí!

Cuando regresó con ellas de la barra comencé a contarle un viaje que había hecho a Cádiz. Todavía estaba en la facultad, salí de copas una noche y ligué con un soldado alicantino que estaba de permiso. No llegamos a acostarnos, pero paseamos por la ciudad de noche y aprovechamos los portales para besarnos y hacer planes para el día siguiente.

—Lo cité a las dos en un bar que hay en el callejón del Tinte porque sale en el libro de Martín Gaite. Lo esperé con un fino, que es lo que se toma

Mariana León, una de las protagonistas, mientras aguarda a que llegue un exnovio guapísimo. A las tres de la tarde me di cuenta de que el maldito soldado no aparecería y ¿puedes creerte que me llevé uno de los mayores disgustos de mi vida?

—¿Porque un tío que habías conocido la noche anterior y con el que ni siquiera te habías acostado no apareció al día siguiente?

—Así era yo de imbécil. Y de enamoradizo. Estaba tan solo que era capaz de agarrarme a un clavo ardiendo.

—Pobrecito. Suena a una novela de Dickens pero en plan gay adolescente.

—¿Estás riéndote de mí, Daniel?

—No. De verdad.

Daniel se puso serio. O al menos lo intentó, pero se notaba que tenía que hacer grandes esfuerzos para no descojonarse.

—Sigo. Me presenté en el hostal donde me dijo que se alojaba y descubrí que ya había dejado la habitación. Entonces me puse a recorrer las calles de Cádiz como si fuera un zombi; después de pasear por aquellos lugares donde lo había cogido de la mano o donde lo besé, volví a mi hotel y me encerré en la habitación hasta el día siguiente. Adelanté el viaje de vuelta y llegué a Barcelona deshecho, incapaz de asumir que me habían dejado plantado. Después me pasé una temporada escuchando una y otra vez las habaneras de Cádiz cantadas por María Dolores Pradera y mis padres me decían: «Hijo, sí que te ha gustado la ciudad», y yo callado y pensando: «¡Ay, si yo os contara!» Porque la historia tenía tela, no podía ser más folclórica: Cádiz, un soldado y un jovencito suspirando por él. ¡Tócate los cojones!

—¿Lo saben en tu casa?

—Hay dos preguntas que detesto: esa es una. La otra es: «¿De qué signo eres?».

—No lo saben, ¿verdad?

—No. ¿Y en la tuya?

—Mis padres murieron sin saberlo, pero a la única hermana que tengo se lo conté hace ya muchos años, cuando yo era un adolescente. Aunque no soy de presentarle muchos novios, ¿eh?, que luego les coge cariño y cuando lo dejamos quiere seguir manteniendo contacto con ellos.

—¿Has tenido muchos?

—Unos cuantos. A ti no te pregunto porque se nota que no.

—¿Y en qué se nota, si se puede saber?

—Ya te lo iré contando. Si seguimos viéndonos, claro.

No contesté, pero estaba deseando decirle que claro que quería seguir viéndolo. Es más, cuando nos tomamos la tercera caña se me soltó la lengua y le propuse regresar a mi casa.

—Así que quieres volver a acostarte conmigo.

Su respuesta me dejó desconcertado.

—Bueno... No estaría mal. Creo que nos lo hemos pasado bien.

—Y seguro que nos lo pasaremos mejor, Jorge. Pero no hoy. Tienes pinta de ser de los que desaparecen en cuanto echan un polvo y, aunque suene antiguo, prefiero dejarte con las ganas y pensar que al menos vas a plantearte llamarme. Acábate la caña, que nos vamos. Hoy tengo una cena y antes quiero descansar un poco. Ha sido una noche muy movida.

Cuando pronunció la palabra «movida» entrecerró los ojos y el vicio inundó sus pupilas, o al menos así me lo pareció a mí.

—Daniel, acabo de empalmarme.

—Eres más previsible de lo que imaginaba. Venga, que te acompaño hasta el portal de tu casa y luego me pillo un taxi. Por cierto, te he dejado mi número de teléfono en la cocina. Mañana no tengo planes.

No pude ni quise resistirme. Le di un morreo con tantas ganas que hasta una pandilla de jóvenes que pasaba por nuestro lado exclamó: «¡Vivan los novios!». Y yo pensé para mi capote, como decía mi abuelo: «Coño, qué bien se vive en Madrid».

Llamé a Pablo y a Luis para ver si me invitaban a cenar aquella noche en su casa.

—Y así os cuento cómo me ha ido todo...

—Anda, vente, no te hacen falta excusas —me dijo Pablo riéndose.

Vivían cerca de mí, por Noviciado. Antes de ir hacia su casa pasé por El Corte Inglés de Callao y compré dos botellas de vino. Estaba contento. En cuanto abrieron la puerta y me vieron la cara se miraron entre ellos y pronunciaron la misma frase:

—¡Has *pillao*!

—Sí, pero no con el cordobés. ¿Me dejáis pasar o tomamos una copa en el rellano?

—Tranquilito, ¿eh? —me aconsejó Pablo—. No te pongas *rabi*.

«Rabi» venía de «rabioso».

—¡Estáis fumando! ¿Lleváis toda la tarde fumados? —los acusé—. Entonces no os vais a enterar de lo que voy a contaros. ¡Joder!

Luis fue a la cocina a por una cerveza y Pablo se quedó mirándome sin pestañear, aturdido, superado por mi verborrea.

—Jorge, es sábado, pon el freno. Nos hemos fumado un par de porros, pero no te preocupes, que ahora cenamos y te prestamos toda la atención que te mereces, que creo que va a tener que ser mucha. ¿Quieres una calada?

—No, que me da mucha hambre. Bueno, va, dame una. Pero que no me toque la pava, que siempre me hacéis lo mismo.

Pablo era de Plasencia y Luis de Pamplona. Ambos tenían mi misma edad, se habían conocido estudiando Periodismo en Salamanca, se habían hecho novios y hasta hoy. Ninguno había estado antes con otros tíos ni se habían acostado con otros siendo pareja. A mí aquello me parecía por una parte ciencia-ficción y por otra algo envidiable, y se lo repetía cada vez que los veía, que era muy a menudo, pero Pablo siempre me respondía lo mismo:

—Oye, Jorge, que la pareja tampoco es la panacea. Y no te quejes que tú te lo pasas de puta madre, no tienes que dar cuentas a nadie y estás con los tíos que te da la gana. A ver cuándo empiezas a darte cuenta de que hay mucha gente que envidiaría la vida que llevas.

—Pero yo quiero tener novio, estoy harto de lo mismo.

—¿Ah, sí? ¿Estás harto de conocer gente nueva?, ¿de acostarte con tíos diferentes?, ¿de que cada noche que salgas pueda convertirse en una fiesta? Cállate, por favor, no digas tonterías.

Visto desde fuera tenía razón, pero yo llevaba muchos años soñando con que apareciera un hombre que me liberara de mis tortuosos sentimientos de culpa y que me alejara de los peligros del mundo nocturno y de la carne débil. Cada vez que me ponía lírico, trágico o ambas cosas a la vez, recurría a Pablo y este me decía:

—Jorge, llevas toda la vida castigándote por tu comportamiento. Eres como eres: te gusta salir, te gusta la noche, te gusta estar con unos y con otros, ¿qué tiene de malo eso? Deja ya de juzgarte, de tener mala conciencia por pasártelo bien. Joder, pero ¿tú de dónde has salido?

Envidiaba a Pablo. Provenía de una familia de izquierdas, su padre era político, su madre cantante y tenía cuatro hermanos mayores con los que se llevaba de cine.

—Mientras tú de pequeño le cortabas embutidos a Felipe González y pasabas todos los 25 de abril en Lisboa festejando con tu familia la Revolución de los Claveles, yo estaba encerrado en mi diminuta habitación del octavo tercera devorando a Delibes y a Torrente Ballester. No es lo mismo.

—Jorge, no me toques los huevos. Cuando le dije a mi padre que era homosexual, así, con esa palabra, se quedó lívido, tardó largo rato en reaccionar, y cuando lo hizo fue para preguntarme con un hilo de voz si tenía pensado cambiarme de sexo. Ninguna familia es fácil, y cuando haces ese retrato tan idílico de la mía no la reconozco, de verdad. No voy a decirte que te sinceres con tus padres, cada uno sabe lo que tiene en casa, pero tampoco pretendas que se acerquen a ti si no te explicas.

—Cuéntame cómo os liasteis Luis y tú.

—Entendido, no quieres seguir escuchando.

Tenía razón: cuando las conversaciones con Pablo llegaban al punto en el que tenía que revisar algún aspecto de mi vida, prefería evadirme. No estaba preparado porque era consciente de que mis años iban transcurriendo a tientas, era incapaz de sanar mis heridas, las ocultaba con parches que, prendidos con alfileres, no tardaban en caerse dejando al descubierto heridas aún abiertas, y por eso, cuando advertía que el dolor iba a aparecer de nuevo, me gustaba refugiarme en la historia de Pablo y Luis.

—¿Cuántas veces te la hemos contado ya? Debes de sabértela de memoria.

Era verdad. Hasta tal punto que a veces me atrevía a hacerle alguna corrección, ya que él se olvidaba de pequeños detalles de su propia historia.

A pesar de todo, con voz cargada de paciencia, comenzó:

—Compartíamos piso con otras dos chicas en Salamanca. Yo estaba colado por un camarero con el que jamás llegué a nada, un tío que estaba buenísimo, rollo surfero, y Luis por aquella época estaba a su bola. Todavía hoy asegura que no le iban los tíos, pero yo creo que ya le iban más que mí, que ya es decir. Al principio él no me atraía, yo para eso he sido siempre muy obvio: me tiraban los músculos y los canallas. Pero fíjate que, estando a punto de finalizar la carrera, después de vivir cuatro años juntos, comenzamos a darnos cuenta de que nos gustábamos.

—Qué bonito, ¿no? —sostuve tras darle una calada profunda a un porro y otorgándole a la anodina frase intensidad suficiente como para que pareciese que se tratara de un pensamiento de María Zambrano.

—Si te pones así no sigo, Jorge.

—¿Así cómo? —pregunté inocente.

—De idiota.

El efecto del porro se diluyó al momento.

—Vale. Ahora viene lo de la cafetería, ¿verdad?

—Espeeeeera, todavía no. Primero comenzamos a buscar tiempo para vernos a solas fuera de la casa, no queríamos estar con nuestras dos compañeras de piso y necesitábamos pasar tiempo juntos sin nadie a nuestro alrededor. Pero no te creas que pasaba nada, ¿eh? Paseábamos, íbamos al cine, nos emborrachábamos con vino barato porque no teníamos ni un duro y por las noches nos quedábamos en un salón muy pequeño que había al lado de la entrada viendo la televisión encima de un colchón. ¡Nos tragábamos lo que nos echaran! Nuestras compañeras de piso se iban a la cama agotadas y nosotros nos quedábamos solos viendo programas absurdos y haciendo piececitos.

—¿Cómo?

—Bueno, jugueteábamos, tonteábamos con los pies, los entrelazábamos de tal manera que llegarías a fliparlo. Nos íbamos a la cama con un dolor de huevos que no puedes imaginarte, pero éramos incapaces de hablar a las claras sobre...

—Aquel sentimiento que os estaba consumiendo.

—Estaba a punto de pronunciar una frase tan ridícula como esa, gracias por tomar la delantera y evitar que me sintiese un gilipollas.

—De nada. ¿Entonces fue cuando quedasteis en la cafetería España?

—Cómo se nota que ya te sabes la historia. Así es, le dije que tenía que hablar con él en ese lugar. Faltaban pocos días para las fiestas de Navidad, él se marchaba a Pamplona y yo a Plasencia... Me entró el agobio, no me veía capaz de pasar tantos días sin verlo y decidí confesarle lo que sentía por él.

—¿Te costó decírselo?

—No, la verdad es que no. Bueno... no sé. Mira, en Salamanca, cuando pedías un café te ponían también una tapa, y recuerdo que antes de hablar se me cayeron unas natillas al suelo de lo nervioso que estaba. Pero cuando comencé a explicarme me relajé, le dije que estaba empezando a sentir algo muy fuerte por él, que creía que me estaba enamorando, y él contestó que le pasaba lo mismo. Al final todo fue muy sencillo, y decidimos adelantar nuestro regreso de las vacaciones para estar solos en el piso.

—¿Y qué pasó cuando volvisteis? —Yo lo preguntaba con ferocidad profesional, como si estuviera entrevistando a una de las famosas habituales para *Pronto*, pero la verdad era que me sabía la historia de memoria.

—Que una de nuestras compañeras estaba ya en el piso y aquella noche tuvimos que follar haciendo el menor ruido posible para que no se enterara. Mira que lo tuvimos complicado, porque durante el polvo no sé qué pasó que a mí se me quedó el condón dentro y nos dio un ataque de risa horroroso, tuvimos que taparnos con las almohadas para intentar que no saliera ningún ruido de la habitación. Esa es otra, la de los condones: tú sabes que el de Pamplona los tiene *cuadraos*, así que aunque le juré y le perjuré que no había estado con ningún hombre me obligó a hacerme la prueba del sida.

Miré para otro lado. Era la parte de la narración que menos me gustaba.

—Me las hice y di negativo, claro. Quizá sea algo que deberías plantearte en serio, ir a un centro de salud y hacértelas de una puta vez —me soltó sin ningún disimulo.

Pese a que les había explicado una y mil veces el terror que para mí suponía pasar por aquel trance, ni Pablo ni Luis entendían que yo prefiriera vivir en la ignorancia:

—Pero si además nosotros te querríamos igual, ya lo sabes.

Y poniendo voz de entregada monjita comenzó a decirme al oído mientras me acariciaba exageradamente un brazo:

—Y te cuidaríamos y estaríamos al tanto de que te tomaras la medicación, y te prepararíamos calditos en invierno y gazpachos no muy fríos en verano. ¿A que sí, Luis? —gritó Pablo desde el salón. Pero Luis no contestó, llevaba tiempo en la cocina hablando por teléfono. Ante su silencio, Pablo cambió el tono y se puso serio:

—Tienes que hacértelas. La gente ya no se muere, convive con la enfermedad. Mucha más gente de la que tú crees, incluso compañeros de trabajo.

—¿Quiénes?

—No te lo voy a decir, pero más de los que te imaginas. Y llevan una vida normal.

—Bueno, tal vez después del verano —concedí remolón.

—Jorge, cuando te pones así te daría de hostias.

—¿Os seguís hablando con vuestras compañeras de piso? —Cambié de conversación más que nada por ver si había suerte, no creía que fuera a colar, pero Pablo estaba tan acostumbrado a mis giros que pasó sin transición de darme la charla a continuar con su historia de amor en Salamanca.

—Al principio nos costó, porque cuando se enteraron de lo nuestro fue una tragedia. Resulta que una estaba enamorada de Luis y la otra de mí. De risa, vamos. Y por las noches, en vez de dedicarnos a follar, teníamos que ir a consolar a cada una de nuestras enamoradas hasta que se quedaban dormidas.

—¿Y luego?

—Jorge, pero si ya lo sabes. Pasamos el curso como pudimos, evitándolas siempre, a veces no salíamos de la habitación para no coincidir con ellas, y en cuanto acabamos la carrera nos vinimos a Madrid.

Fue en Madrid donde los conocí. Primero a Pablo, en la rueda de prensa de una estrella norteamericana que venía a promocionar una película. Trabajaba en la radio, como su novio, en el mismo programa de tarde que conducía una periodista de esas que se autodenominan «de prestigio».

Luis apareció en el salón con otra cerveza en la mano.

—Mira que eres *pesao,* Pablo, el que dijo de ir a hablar contigo a la cafetería España fui yo.

—Esta es nuestra eterna lucha, Jorge; él dice eso y yo estoy convencido de que fui yo el que dio el primer paso. Por cierto, ¿con quién hablabas?

—Con Inés.

Inés era la periodista de prestigio para la que ambos trabajaban en la emisora.

—¿Y qué le pica un sábado por la noche a la pesada esa?

—Lo de siempre —respondió Luis—: que a ver si nos ponemos las pilas para llevar a gente de primera a las entrevistas. Se piensa que con sólo pronunciar su nombre los personajes van a decir que sí al momento, pero ¿a quién le importa que lo entreviste esa tía cuando por hacerlo en la tele cobran un pastón? Por cierto, Jorge, en septiembre comienza a hacer radio Linda Rubio, y están buscando a gente para hacer crónica social. ¿Quieres que te echemos un cable?

—¿Linda Rubio? Pero ¿esa no es la que presentaba la quiniela hípica en Televisión Española? —añadí yo con un poso de maldad.

—La misma.

—Te vendría bien empezar a hacer otras cosas —me aconsejó Pablo—, aunque sea con ella. Qué coño, Luis y yo vamos a hacer todo lo posible para que trabajes con Linda y sepas lo que significa estar al lado de una estrellita de ese calibre. De abrirse las venas, te lo puedo asegurar.

—¿Inés también es así?

—Inés es una tonta con ínfulas, pero tonta, tontísima. Sin embargo, fíjate, la Rubio tiene pinta de ser una hija de puta en toda regla.

—Bueno, haced lo que queráis. Por cierto, la revista me manda este verano a currar a Marbella. ¿Vendréis a verme?

—Hombre, si nos deja el tío ese que te ha dejado un poco más idiota de lo que eres, quizá podamos hacerte una visita. ¿Cómo se llama? ¿Cuándo nos vas a contar lo de anoche?

—En cuanto me líes un porro.

Pablo se puso serio.

—Que sepas que es el último que te lío.

Nos dio la risa a los tres. Llevaba pronunciando la misma frase desde el día que nos conocimos.

12

ROMA, CIUDAD ABIERTA

—Y la Rigalt, ¿cómo es? Porque cuando la veo por la tele parece muy parada.

—Mama, pagamos aquí y te lo cuento mientras nos tomamos el café en la piazza Navona —dije haciéndole un gesto al taxista para que se detuviera.

—Bueno, hijo, lo que tú quieras. Pero ¿es simpática?

—¿Qué te he dicho?

—Qué pesado eres, hijo. Desde luego estás hecho un *zinguango.*

Y me sacó la lengua. Mi madre sabía que aquel gesto me ponía de los nervios, como cuando por la mañana temprano mi padre hacía ruido con la cucharilla dándole cientos y cientos de vueltas al café con leche. Sin embargo, desde que no vivía con ellos, mis padres y sus manías habían dejado de sacarme de quicio.

Había pasado el verano trabajando en Marbella y llevaba cerca de un mes colaborando en el programa de Linda Rubio. Además, seguía colando reportajes en *Pronto* a buen ritmo, y de repente comprendí que me apetecía celebrar aquella buena racha con ellos, por lo que decidí llevármelos cuatro días a Roma. Cuando llamé a mi padre al trabajo para invitarle desde mi recién estrenado teléfono móvil, lo noté tan feliz que un gustoso escalofrío me recorrió todo el cuerpo.

—Muchas gracias, hijo. Llama a tu madre a casa, que va a ponerse muy contenta. Pero ¿de verdad te va bien gastarte ahora ese dinero? —insistió prudente; era la segunda vez que me lo preguntaba en menos de un minuto—. Oye, que mira que también podemos coger el coche y llegar hasta Francia...

—Que no, que no. Mejor Roma, y tú no te preocupes por nada.

Ya en la piazza Navona, sentados en una terraza y con unos capuchinos delante para nosotros dos y un café solo para mi madre —detesta la leche, nunca he sabido por qué—, me sentí preparado para saciar la curiosidad de mis padres. En la comida había bebido vino, acababa de pedirme una copa de champán y llevaba encima un puntito muy agradable. «Mira que si les hablara de Daniel», pensé.

—¿De qué te ríes? —preguntó mi madre.

Me había pillado, era pensar en su nombre y entrarme la flojera, y claro, ella me había notado algo raro, una expresión embobada o un yo qué sé qué, en la cara. ¿Me habría gustado compartirlo con ellos? No lo sabía aún... Quizá más adelante.

—¿Ah, sí?, ¿me estaba riendo?

—Bueno —cortó yendo a lo suyo, que ella no era de zarandajas—, ¿y entonces la Rigalt cómo es?

—¿Y Marbella?, ¿es tan lujosa como sale en la tele? —preguntó mi padre.

Aunque hubiera querido, no habría podido escabullirme: comenzaba el interrogatorio. Bebí un sorbo de champán y me dispuse a explicarles con pelos y señales cómo se había desarrollado mi verano. Pero evitando mencionar, por supuesto, la gozosa visita de Daniel, las fumadas en los bares cutres del puerto —A saco Paco, se llamaba uno—, y la excursión que hicimos al puticlub Milady Palace la Rigalt, su fotógrafo, una compañera de agencia llamada María —que desde el momento en que la conocí se convirtió en mi amiga— y Lita Trujillo, que llegó al local para reunirse con nosotros a bordo de un espectacular Rolls-Royce. Bueno, lo del puticlub igual terminaba contándolo, fue todo muy naíf; yo acabé dormido en una silla de mimbre y la Rigalt y Lita recorriendo de la mano y con curiosidad cada una de las estancias del local. En una de ellas, por cierto, pillaron a un miembro del Ayuntamiento que luego llevaría a la ciudad al borde del abismo haciendo «tratos» con una tal Sherezade, de Melilla, creo recordar que me contaron. Lo que todavía tengo muy presente, sin embargo, es la bronca que me echó Carmen antes de que me quedara dormido por no parar de repetir que tenía hambre. Tantas veces lo dije, tan pesado me puse, que dos putas me sacaron una bandejita con cacahuetes y aceitunas.

—Y luego tienes que contarnos cómo te va con Linda Rubio. A mí me gusta cómo lo hace, y tú también lo haces muy bien, pero hablas muy rápido, tienes que ir más despacio —recordó mi padre.

—Pero primero cuéntame a mí lo de la Rigalt —insistió mi madre—. ¡Mira que a veces le cuesta hablar a este chico —refunfuñó refiriéndose a mí—, como si no le pagaran por ello...!

No me inquietaba someterme a aquella batería de preguntas porque no tenía que enmascarar la realidad, que era lo que siempre me había obligado a hacer cuando vivía con ellos y me preguntaban cómo me había divertido la noche anterior y con qué amigos había salido.

Nada más llegar a Marbella alquilé una Vespa, como en *Vacaciones en Roma*, y cuando la probé me acordé de las veces que mi padre me había prohibido de chaval comprarme una.

—Mientras vivas con nosotros, aquí no entra ninguna moto.

La de peloteras que tuvimos por aquel motivo. En Marbella lo entendí.

El señor que me la alquiló se ofreció a dar un par de vueltas conmigo para que me fuera haciendo con ella; cuando se despidió me miró a los ojos con tristeza, como si fuese la última vez que iba a verme con vida. Me costaba domarla más que a un pura sangre jerezano, y ya en Madrid la Rigalt me confesó que, desde que nos conocimos y se fijó en lo mal que se me daba montar en ella, había vivido todo el verano con el miedo en el cuerpo, pensando que de una hostia en moto no me libraba ni san Dios.

—Pero ¿tan torpe era? —le pregunté yo, todavía inconsciente del peligro que había corrido.

—Mucha habilidad no tenías, para qué vamos a engañarnos.

Con Carmen ya había coincidido en un par de ocasiones en Madrid, en presentaciones de libros, creo recordar, y las dos veces me había acercado para decirle cuánto me gustaba como periodista, pero ella, tímida profesional, apartaba la mirada, balbuceaba algo ininteligible y desaparecía. Fue en

Marbella, gracias a una compañera conocida de ambos, donde comenzamos a trabar amistad. Mi compañera organizó una cena a la que Carmen asistió con el fotógrafo que le había asignado su periódico, y allí, sentados uno al lado del otro, al fin rompimos el hielo. Comenzamos a hablar y ya no paramos en toda la noche. ¿De qué hablamos durante tantas horas? Aunque no lo recuerdo con claridad, sí sé que nos reímos mucho repasando al paisanaje que se había dejado caer por la ciudad aquel verano y enumerando algunos de los tópicos que se empleaban en los medios del corazón para describir a los personajes más usuales de la prensa rosa: «la proverbial elegancia de la Reina», «la campechanía del Rey», «el halo misterioso de Isabel Preysler», «la valentía de Carmen Martínez-Bordiú, que se puso al mundo por montera», «la estilizada figura de una recién parida que ha recuperado con rapidez sus medidas...».

—¡O que Soraya era «la princesa de los ojos tristes» cuando en realidad los tenía vidriosos de tanto darle al alpiste! —sentenció la Rigalt.

A la mañana siguiente Carmen me llamó muy temprano desde Incosol, el hotel donde se alojaba, y a partir de entonces seguimos llamándonos todos los días y quedando por las tardes o por las noches con su fotógrafo para trabajar. Compartíamos las largas esperas a las que a veces nos sometía nuestro oficio charlando sin parar, contándonos la vida y muchas cosas que jamás hubiéramos imaginado que podríamos confesar a personas más queridas o conocidas desde hacía más tiempo. Lo nuestro era afinidad pura y dura, instintiva, animada, una amistad surgida de un flechazo y, como uno de esos flechazos que duran toda la vida, tan duradera y profunda como verdadera. A ella le hacían mucha gracia casi todos mis arranques y mis historias del bloque, pero quizá lo que más divertido le parecía era que yo presumiera de trabajar en *Pronto.*

—Hombre, Carmen, tal y como están las cosas, tener un trabajo fijo es muy importante —respondía yo cargado de razón.

Por mi parte, me hacía muy feliz que una mujer a la que yo había llegado a escribir y enviar, en mi adolescencia de Badalona, una carta muy cursi confesándole lo mucho que la admiraba me llamara entonces, tantos años después, para preguntarme dónde tenía pensado trabajar aquel día y ver si podíamos ir juntos.

Y claro que íbamos juntos a todas partes, como Pili y Mili, sólo que junto a su fotógrafo Fernando. Las posibilidades solían abarcar desde ir a cubrir una gala benéfica hasta la apertura de una nueva discoteca, aunque tampoco descartábamos pasear por Puerto Banús para ver si clichábamos a algún famoso.

Como se puede comprobar por las crónicas que puntualmente enviábamos a nuestras redacciones, nuestro verano transcurrió entre actividades tan apasionantes como enriquecedoras pese a toda nuestra complicidad. De lo que no le dije nada fue de aquella carta que le había enviado. Me callé como una puta, pero si no dije ni mu no fue por orgullo ni nada parecido, sino porque me moría de la vergüenza sólo con recordarlo.

Desde que trabamos amistad pasamos en aquel verano cientos, miles de horas juntos, contándonos parcelas de nuestra vida íntima con desparpajo, sin temor a ser censurados o juzgados. Yo le hablaba de mis líos y mis miedos con naturalidad, y ella no sólo parecía entenderlos, sino que realmente me comprendía. Me reñía cuando observaba en mí maneras de niño caprichoso, pero a mí no me importaba. Lo que de verdad me producía apuro era que me echase en cara las pocas luces que demostraba para escoger indumentaria. ¡El cachondeo que se trajo con una camiseta verde con tela de toalla que a mí me parecía modernísima!

—Pues ella me pregunta mucho por vosotros, y sobre todo por ti, mama. Y cuando le cuento alguna de tus historias o salidas siempre dice: «Ay, la Mari, cómo es la Mari». Le haces mucha gracia.

Mi madre se revolvió en la silla y exclamó con cierto nerviosismo:

—Jorge, ¿qué le has contado? ¡A ver qué imagen va a tener de mí!

—No sé, tonterías; lo de las pipas, lo del Roger o lo de que en Badalona yo era el hijo de la zurcidora.

A Carmen le encantaban las historias como la del Roger, un primo francés de mi padre que desembarcó un verano en mi casa y el pobre volvió a Francia sin haber visitado ni siquiera la Sagrada Familia, porque en cuanto se levantaba, a las ocho de la mañana, se ponía a jugar a las cartas con mi madre y mis hermanas. Abandonaban la partida a eso de las dos de la tarde, cuando desde el balcón yo avisaba con un «Ya viene» de la llegada de mi padre. Entonces poníamos la mesa del comedor a todo correr para que él no se diera cuenta de que en su ausencia se había organizado una timba.

—¿Y por la tarde seguían jugando? —preguntaba divertida la Rigalt.

—¡Uy! En cuanto mi padre volvía a irse a trabajar. El pobre Roger regresó a Francia sin un duro porque mi madre decía que en su casa no se jugaba con garbanzos.

Y Carmen se partía de la risa.

—En mi casa siempre nos ha gustado mucho trajinar —seguía yo—. Para sacarse unos extras, mi madre se hizo distribuidora de Friné, unas cremas tipo

Avon, y con ocho años ya me obligaba a llevarle el catálogo a la señorita Montserrat, que era mi profesora preferida. Yo se lo pasaba a escondidas porque me daba apuro que los demás compañeros me vieran, y ella me lo devolvía también a escondidas después de haber marcado con una cruz los productos que había elegido. Yo no sé si compraba porque le gustaban las cremas o por no hacerle un feo a mi madre. Ahora que lo pienso, qué vergüenza me da, Carmen, de verdad, qué vergüenza.

—¿Y dices que tu madre zurcía?

—Sí, aprendió de pequeña, creo que con doce años. Yo en Badalona era «el hijo de la zurcidora». Iba a las tintorerías a recoger las prendas que mi madre tenía que arreglar y, una vez arregladas, las devolvía. ¡Tú no sabes la de horas que mi madre ha echado zurciendo! Pienso en ella y la recuerdo sentada en una silla del comedor reparando rotos y quemaduras de cigarro a la luz de un flexo gris muy usado. Era muy buena, hacía verdaderas obras de arte, y cuando acababa algún trabajo complicado nos lo mostraba muy orgullosa, pero yo creo que no supimos valorar su esfuerzo. Dábamos por sentado que el que traía el dinero a casa era mi padre, pero gracias a las horas y horas que ella echaba con los zurcidos nosotros vivíamos un poco mejor. ¿Te puedes creer que acabo de darme cuenta ahora?

Estábamos tomando el sol en una tumbona del Incosol y cerré los ojos porque estaba a punto de emocionarme y no quería que Carmen me viera llorar. Aún no estaba preparado para bajar la guardia delante de ella de aquella manera. Recuerdo que, tostándome en la tumbona y con los ojos cerrados aún, pensé: «Es pronto, y todavía no he tenido la oportunidad de decírselo, pero cuando vuelva a Madrid la invito a cenar, me achispo un poco y se lo suelto, porque Carmen tiene que saber que gracias a ella me he reconciliado con mis orígenes. Jamás volveré a ocultar que soy de San Roque y que en cincuenta metros cuadrados vivíamos cinco».

¿Las once y media de la noche y se pone a sonar ahora el teléfono de la habitación del hotel? Vaya horas de llamar. Mi hijo pega un brinco desde la cama supletoria para cogerlo, pero yo me adelanto, lo tengo más cerca, en la mesilla.

—¿Quién es?

—Hola, buenas noches, soy Daniel. ¿Podría hablar con Jorge?

Qué voz más bonita tiene. Parece muy educado.

—¿El padre o el hijo? —pregunto yo muy espabilada. Sé que quiere hablar con el crío, claro, pero tengo ganas de seguir escuchándolo. Por el rabillo del ojo compruebo que no va a darme tiempo a jugar mucho, porque ya tengo a mi hijo acercándose rápido como una centella. Aquí está, delante de mí y dispuesto a quitarme el teléfono de un momento a otro. ¿Por qué sabrá que es para él y no para su padre?

—Bueno, supongo que el hijo... —me dice la voz al otro lado del teléfono.

Noto que lo dice sonriendo. Qué agradable el chico.

—¿De parte de quién?

—De Daniel, un amigo.

—Espera, ahora te lo paso.

¡Ay, que me está entrando la risa! Tengo que ponerme el auricular en las tetas para que no oiga mis carcajadas. Hago un poquito de tiempo, hasta que se me pasa el ataque, y entonces le digo a mi hijo con una voz muy fina:

—Jorgeeee, al teléfono. Es Daniel.

Mi hijo coge el teléfono y se encierra en el baño de la habitación. ¡Uy, si las miradas matasen! Voy a intentar escuchar qué dice. Pero no, por mucho que ponga la oreja, me resulta imposible. En fin, entonces voy a meterme en la cama, a ver si puedo dormirme. Ojalá tuviera la suerte del Jorge grande, que en cuanto se ha acostado se ha quedado roque, y con razón, porque hoy nos hemos pegado un buen tute: el crío nos ha llevado al Vaticano, al Coliseo, a una iglesia donde hay un Moisés que tiene la misma cara que Charlton Heston, pero la misma, la misma, ¿eh?

Y a una plaza muy bonita que no me acuerdo muy bien cómo se llama, Narbona, creo que me ha dicho. Allí es donde me ha contado que la Rigalt le pregunta mucho por mí. Que dice que quiere conocerme, que le hago mucha gracia. Pues no sé, hombre, no creo que sea para reírse de mí, mi hijo no la dejaría.

Qué contento veo al Jorge. Yo lo echo mucho de menos; no quiero decírselo para que no tenga más cosas en la cabeza, pero me da una pena cuando me levanto y veo su habitación vacía... Con lo dejado que era y la rabia que me daba que tuviera la habitación siempre hecha un asco, la cama sin hacer... Le daba igual dormir con la cama deshecha y a mí se me llevaban los demonios.

—Jorge, arregla la habitación.

—Pero si yo ya me apaño tal y como está.

—Ya, pero yo no. Y si viene alguien, ¿qué?

—Pues que no la mire.

—¡Ea!, claro, así solucionas tú las cosas.

Por mucho que le llamara la atención, nunca hacía nada y al final me tenía que meter yo a adecentarla. Qué gusto cuando la veía recién fregada, el suelo húmedo oliendo a pino, los libros recogidos dentro de los muebles... Vamos, es que ni me molestaba tener que retirar cucarachas muertas; es más, las echaba de menos cuando no aparecían, nos resultaban tan familiares que acabamos bautizándolas con el nombre de «los visitantes». Porque, para mí, en el fondo era mucho mejor tener «visitantes» que ratas, que era lo que tenían los que vivían en los primeros. Estaban tan asolados que una vecina me contó que a su marido no le temblaba el pulso cada vez que descubría una rata: la cogía del rabo y la estampaba contra la pared para cargársela, y aquello me hizo recordar que, cuando llegamos a San Roque, nos encontramos nada más instalarnos con dos ratones en el piso y, para que las niñas no cogieran miedo, les dijimos que eran hámsteres. Madre mía, qué pasión les entró a las crías con los dichosos roedores que en realidad no eran más que vulgares ratones. Tuvimos que hacerlos desaparecer una noche cuando ellas estaban dormidas, y menudo disgusto se pillaron al día siguiente. Como eran unas crías, les contamos que había venido la madre a buscarlos para llevárselos al campo porque en un piso no estaban contentos, y ellas se lo creyeron y a los cinco minutos no se acordaban ni de que habían existido. Y es que a mí las ratas me dan un asco que *pa* qué, y a «los visitantes», en cambio, he llegado a tolerarlos, aunque hacen un ruido asqueroso cuando los pisas...

Qué solo está el piso ahora. Vivimos más cómodos pero un poco más tristes. Ahora echo de menos lo mal que lo pasaba cuando me entraban ganas de cagar y estaba el váter ocupado, que era lo más normal del mundo, porque viviendo cinco en una casa ya me dirás. Yo lo llevaba mejor, y se me confundían los retortijones con la risa que me daba tener que llamar a la puerta y decir: «¡Que me cago! ¡Sal, que me cago!», y como el piso es tan pequeño, nada más abrir la puerta del baño llegaba el olor al comedor y el Jorge se cabreaba y me decía: «Mari, abre la ventana, hija, abre la ventana», y yo le contestaba aguantándome las carcajadas: «¡Pero si ya está abierta!», y él se enfadaba más todavía.

A mis hijos tampoco les hacía mucha gracia aquello, y se llevaban las manos a la nariz y decían: «¡Qué peste, mama!», y entonces a mí me entraba todavía más la risa y ellos acababan riéndose también, todos menos el Jorge grande. Pero, claro, cuando él iba al váter y se llenaba la casa de sus olores, salía sonriendo y éramos nosotros los que le decíamos: «Echa ambientador, anda, por favor...», y él bien que echaba, aunque mientras lo hacía siempre soltaba la misma cantinela: «¡Pero si no huele, Mari, no huele nada!». Ay, mi Jorge grande, que más que grande se me está haciendo mayor.

Lo está cansando mucho el viaje, lo noto, y quiere dormir a todas horas. Y el crío que sigue hablando con el tal Daniel; no sé yo, a ver si me cuenta algo. Madre mía, mira que si nos ha traído a Roma para decirnos que es su... ¡Ay, que me está entrando la risa otra vez y al Jorge grande le da un síncope como se entere! Aunque algo se huele, porque desde hace tiempo ya no le pregunta si tiene novia.

Ahora que caigo, ¿no le habrá contado el crío a la Rigalt lo del váter?, ¡que este es capaz! Mira qué orgullosa estoy de él, como para no estarlo. Gracias a mi hijo estamos aquí, si no de qué, ¿quién iba a decirme a mí que acabaría visitando Roma a mis años? Me lo dicen y no me lo creo. Bueno, tampoco es que de pequeña tuviera yo mucha idea de dónde estaba Roma; dejé el colegio nada más cumplir los ocho, ya ves tú. El colegio y Valdepeñas; mira que tengo ganas de volver a Valdepeñas, y el Jorge que no me lleva, pero lo que daría yo por ir otra vez a la casa que teníamos en la calle del Sol número 10. Qué grande era. Lástima que mi padre se pusiera malo del corazón y no pudiese seguir trabajando la tierra; tuvieron que malvenderlo todo, y mis padres, mis dos hermanas y yo emigramos a Barcelona. Todos. Y madre mía, cómo era el sitio adonde fuimos a parar, una barraca en la Barceloneta que compartíamos con unos vecinos de Valdepeñas.

En el suelo dormíamos. Nos pusieron a trabajar a las tres hermanas en un puesto que vendía ropa de pescadores, y ya me ves tú a mí a los nueve años dándoles con un plumero a los pantalones desde la mañana hasta la noche para que no cogieran polvo. Rosa, se llamaba la dueña; qué buena era. Cuando acabábamos de trabajar nos daba de merendar leche con nata, y qué mal lo pasaba yo, qué asco, por Dios; tanto me repugnaba que a pesar del hambre que tenía aprovechaba cuando no me veía para tirarla debajo de la mesa. Como ese capuchino de hoy, quita, quita, voy a tomarme yo eso con tanta leche como parece que tiene...

¿Y la que se lió un día cuando la señora Rosa me mandó a Sant Boi a entregar unos pantalones? «Tú móntate en el tren y al bajar pregunta por la calle», me dijo, fíjate tú, yo, con nueve años, y me dieron las diez de la noche para llegar de regreso a la estación de Barcelona, y allí estaba mi hermana mayor dando vueltas por los andenes como una loca, vete a saber qué jaleo me habría hecho yo con los trenes. De lo que sí me acuerdo es de que en Sant Boi, cuando entregué los pantalones, me dieron de comer. Y después me mandaron más veces, pero ya no me confundía con los trenes y no tardaba tanto, aunque sí me quedaba a comer, eso siempre.

Luego ya con el tiempo mis padres, mis hermanas y yo dejamos la barraca y los cinco nos metimos en una habitación en el barrio de La Salud, en Badalona. Qué asquerosa era la dueña, una señora mayor con una mala baba que *pa* qué. «Cuidado con gastar agua, cuidado con gastar mucha agua», repetía una y otra vez, y nosotros lavándonos los cinco en un barreño, casi a escondidas, para que no nos riñera. ¡Cómo nos gustó dejar aquella habitación y meternos en el piso que compraron mis padres! A ese mismo es al que nos fuimos el Jorge y yo cuando me quedé embarazada de la Ana. Y mira, tan mal no nos ha ido. Ahora mi hijo nos trae a Roma y no hace más que decirme que si me compra unos zapatos, que si me regala un bolso, que me pruebe esa blusa... ¡Pero si a mí lo que de verdad me gustaría es que no hubiera crecido y tenerlo siempre conmigo! Aunque, oye, a lo mejor a un bolso bien bonito no le digo yo que no, vete tú a saber cuándo vuelvo yo a Roma otra vez.

Nada más salir del baño mi madre me preguntó en voz baja:

—¿Quién era?

Y yo le respondí con la voz igual de bajita:

—¿Todavía estás despierta? No es nadie, sólo un amigo. ¡Venga, a dormir, que mañana nos espera una buena caminata!

Iba a meterme en la cama, pero antes me acerqué a mi madre y me puse a darle besos en el cuello, y ella se moría de la risa, porque no soportaba el roce de la barba.

—Para, que va a despertarse tu padre.

—¡Qué va a despertarse! Pero ¿no te das cuenta de cómo duerme? ¿En Badalona también duerme tanto?

—Los últimos días sí, hijo. Serán los años... Bueno, a dormir. Que descanses.

Me gustó que me llamara Daniel. Y también que fuese a verme a Marbella. La verdad era que estaba teniendo una paciencia conmigo... No lo llamé al día siguiente de conocerlo, me daba miedo. No estaba acostumbrado a repetir con un amante, y me inquietaba establecer lazos emocionales con la gente con la que me acostaba. Martirizaba a Pablo y a Luis suplicándoles que me ayudaran a encontrar un novio y, en cuanto alguien demostraba un poquito de interés por mí, yo desaparecía. Era incapaz de mantener relaciones no ya sexuales, sino mínimamente sentimentales, si no había noche y alcohol de por medio.

Tardé exactamente una semana en llamarlo. Era sábado al mediodía.

—Hombre, Jorge —dijo nada más descolgar el teléfono y escuchar mi voz—, pensé que te habías olvidado de mí. Debes de habértelo pasado muy bien estos días. Como me dijiste que conmigo habías disfrutando tanto... —añadió con sorna.

—Te invito a cenar esta noche.

—Me encantaría, pero he quedado. Con varios días de antelación, además. Aquí en Madrid pasa eso, ¿sabes? A lo mejor es que en Barcelona soléis aburriros tanto que estáis deseando que alguien os llame para sacaros a pasear.

Me quedé cortado. Idiotizado. Al borde mismo de la lágrima.

—Bueno, pues entonces...

Silencio. Me había costado un mundo atreverme a llamarlo, y ante su negativa estaba deseando poner fin a la conversación y desaparecer de su vida para siempre. Joder, lo que me va el melodrama.

—Entonces, Jorge, ¿te va bien que nos tomemos mañana unas cañas por Latina?

El tío era un cabrón. Un auténtico cabrón.

—Vale —acerté a contestar.

—Te paso a buscar al mediodía, sé dónde vives, y ya mañana te cuento cómo me ha ido la semana. ¡Ay, perdona, que no me lo has preguntado!

—Qué hijo de puta eres.

—Ya. Pero te gusto.

Claro que me gustaba. Me gustaba que no se hubiera planteado anular su cena del sábado, me gustaba que viniera a buscarme al día siguiente y, sobre todo, me gustaba que no me diera la opción de cambiar la hora, el lugar de la cita o el destino.

Al día siguiente, tras llamar a la puerta de mi casa,

me gustó que nada más verme me diera un morreo al tiempo que me metía la mano por el pantalón para tocarme el culo. Me gustó que me dijera que necesitaba follar conmigo antes de que nos fuéramos a tomar una caña porque tenía los huevos a punto de explotar, y me gustó, por fin, que, después de corrernos, me pidiera que me quedara en la cama mientras él salía a la calle a comprar comida para poder así pasar todo el día en casa conmigo.

—Trae vino —le grité entre las sábanas antes de que cerrara la puerta.

—¿Algo más?

—A ti.

Y regresó a la habitación para darme un beso, y antes de marcharse me dijo al oído:

—Eres un pesado y tu profesión me parece una idiotez, pero qué vamos a hacerle: me gustas.

Daniel. Maldito Daniel. Dichoso Daniel.

A partir de aquel domingo empezamos a quedar todos los fines de semana: primero de sábado por la noche a domingo por la noche, luego de sábado por la tarde a domingo por la noche y, al fin, llegó un día en el que se plantó en mi casa un viernes por la noche y ya no se largó hasta el lunes por la mañana, directo a trabajar. Se lo presenté a Marisol y a Antonio y les encantó. También a Pablo y a Luis, que opinaron lo mismo, y también hizo muy buenas migas con la Rigalt cuando se plantó en Marbella para pasar unos días conmigo.

—Jorge, tú mismo: o voy a verte o me lanzo a las calles a tirarme al primero que pase —me amenazó en una de nuestras conversaciones telefónicas de larga distancia—. Hoy me he descubierto mirándoles los paquetes a los tíos.

—Ya estás tardando en venir.

Marbella le pareció un espanto, como a mí, y aquello también me atraía de Daniel, que no se dejara seducir por el Beach del Marbella Club o por el brillo que despedían los trajes de las invitadas a la Gala de la Cruz Roja. De todas maneras era difícil que aquella Marbella dirigida por Jesús Gil consiguiera deslumbrar a alguien: el lujo del pasado había sido sustituido por la presencia indiscriminada de grúas y más grúas que ayudaban a levantar bloques de apartamentos que jamás se terminarían. Los príncipes destronados y las princesas de países ignotos habían huido y su puesto había sido ocupado por putillas que aspiraban a trabajar en televisión y chorizos con ínfulas de maromos.

Daniel, Carmen y yo asistíamos a aquel espectáculo con distancia, entre horrorizados y descojonados de la risa. Una noche salimos a cenar los tres y en un momento en que Daniel fue al baño ella aprovechó para advertirme:

—Protégete, Jorge. Estás colándote demasiado. Él tiene cuarenta y un años y tú no has cumplido los treinta. Me gusta, es inteligente, no un gilipollas; pero si desaparece no quiero tener que pasarme el invierno recomponiendo pedacitos de ti.

—Dice que le gusto.

—Y seguro que es así. Pero ten cuidado, sabe mucho.

La advertencia de Carmen me dio qué pensar. Repasé mentalmente la historia con Daniel y comencé a encontrar agujeros negros: no sólo no conocía su casa, sino que incluso se había negado a presentarme a alguno de sus amigos, mientras que yo le había presentado a todos los que eran importantes para mí.

—¿Para qué, Jorge? —argumentó cuando se lo comenté—. Tú y yo estamos muy bien solos.

—Pero tú bien que conoces a los míos.

—Porque tú has querido.

No quería rayarme, al menos no durante el verano. Quería esperar a ver qué pasaba en Madrid en otoño, pero llegó septiembre y seguíamos con la misma rutina de vernos el viernes por la noche y despedirnos el lunes por la mañana. Y justo entonces, cuando sólo llevaba dos noches en Roma, fue el tío y me llamó a la habitación del hotel.

—Te echo de menos, *pesao.*

—No puedo hablar muy alto, estoy durmiendo en la misma habitación que mis padres.

—Mira que eres rata.

—Oye, que la vaca da pero tampoco para tanto. Como dice mi madre: «No tanta luz, que me encandilo».

—Me gustaría estar ahí contigo. Sólo llamaba para decirte eso.

El tal Daniel estaba volviéndome loco. Y yo, haciendo caso omiso a lo que me aconsejara la Rigalt, no estaba poniendo ningún obstáculo para evitarlo.

—Vamos, que te lo has pasado de puta madre —resumió Daniel a mi regreso a Madrid.

—No, no creo que «de puta madre» sea la expresión adecuada. Aunque te suene un poco cursi ha sido un viaje plácido, incluso emotivo. Me ha gustado muchísimo invitar a mis padres a todo, darle un manotazo a la cartera de mi padre cuando intentaba hacerse con la cuenta de algún restaurante, pagar sin preocuparme por cuánto era la factura del hotel o coger taxis para movernos por la ciudad en vez de obligarlos a dar largas caminatas o hacer cola en las paradas de los autobuses. Quizá haya sido mi manera de mostrarles que deben estar tranquilos, que en

Madrid las cosas me van incluso mejor de lo que yo esperaba. Y tú, ¿me has echado de menos?

—Un poco, ya lo sabes.

Estábamos cenando en un restaurante de la calle Morería, cerca del Viaducto, y habíamos llegado hasta allí después de pasear por una de las zonas que más me gustaban de Madrid: desde mi casa salimos a la calle Mayor y luego pasamos por la calle del Rollo, la plaza del Alamillo, la de la Paja y la calle de la Redondilla. Aquella misma tarde me había despedido de mis padres en Roma —ellos iban en un vuelo directo a Barcelona—, y al aterrizar en Madrid sentí la necesidad de llamar a Daniel y quedar para cenar con él. No quería pasar la noche solo, acababa de darme un buen chute de ambiente familiar y temía que se me cayera la casa encima.

—Es curioso, Daniel, me encuentro a gusto con ellos aunque haya demasiados espacios de mi vida que no puedo compartir. Creo que estamos aprendiendo a ser felices... Bueno, borra esa palabra, empiezan a agobiarme esos términos tan pomposos, tal vez sea mejor decir que empezamos a encontrarnos muy cómodos juntos, porque ellos al fin tienen claro que mi vida no va a ser como la de mis hermanas: han comprendido que no voy a casarme, que no voy a tener hijos y hasta que es poco probable que me conozcan alguna novia, pues, cuando les hablo de amigas, incluso han dejado de hacer bromas. Y es que ya saben que son amigas y nada más, porque para evitar confusiones bien que me encargo de advertirles de que la mayoría tienen novios o están casadas. Y además me ven contento, me notan tranquilo... Mi padre se corre de gusto cuando le cuento cosas de mi trabajo, y ya no piensa que estoy haciendo el gilipollas en Madrid.

—¿Y por qué no les has hablado de mí?

—Porque no lo necesito, Daniel, porque hacerles partícipes de tu existencia significa obligarlos a revisar toda mi vida, a preguntarse por qué, a tener que decirse «ya nos lo imaginábamos», a enfrentarse a los vecinos de siempre... No sé si ya lo han hablado entre ellos, probablemente sí, y supongo que si han tenido esa conversación habrán decidido no mantenerla conmigo. Vale, de acuerdo, tengo claro que en nuestra relación hay muchas sombras, demasiados territorios por los que evitamos transitar para no tener que enfrentarnos a situaciones que nos pondrían incómodos, pero por ahora nos sirve vivir así. Mi padre ya no me reprocha nada, se está evaporando el desencanto que sentía hacia mí.

—Pero a mí siempre me has contado que tiene un carácter muy duro.

—Y es verdad, pero conforme han ido pasando los años se le ha ido dulcificando. Ahora cada vez que está a punto de enfadarse nos descojonamos, e incluso le gastamos bromas cuando intenta amedrentarnos con esas miradas que antes nos producían pavor. Fíjate que yo años atrás no era nada cariñoso con él, incluso lo rehuía, pero ahora me dan ganas de abrazarlo, porque lo veo tan vulnerable... Es como un oso, no sabes lo que duerme, muchísimas horas. En Roma siempre estaba deseando volver al hotel para meterse en la cama, a las nueve de la noche ya le costaba tener los ojos abiertos. Dice mi madre que últimamente está así, suspirando porque le llegue la jubilación para descansar. Han sido muchos años levantándose a las cinco de la mañana, la verdad es que ha trabajado como una bestia. ¿Te apetece una copa o nos la tomamos en mi casa?

—¿Y por qué no en la mía? —propuso Daniel por sorpresa.

Me costó unos segundos reaccionar, y al principio incluso pensé que había oído mal. Él parecía disfrutar con mi desconcierto.

—Estás borracho, ¿no? —le pregunté.

—Hombre, el vino me ha dejado un poco achispado, es una palabra que me encanta, pero estoy lo suficientemente sobrio como para invitarte a dormir en mi casa por primera vez.

—Te has dado cuenta de que no puedes vivir sin mí.

—Mira, vivir sin ti podría, Jorge. Me costaría, claro: eres maravilloso, inteligente, estás buenísimo, tienes un futuro prometedor... Sí, supongo que me costaría años hacerme a la idea de no disfrutar de tu presencia. Ahora bien...

—«Si poco a poco dejas de quererme, dejaré de quererte poco a poco» —lo corté.

—Neruda.

—Me lo enseñó Carmen este verano en Marbella —confesé—, y desde entonces estamos cada dos por tres con el «ahora bien» y recitando el verso entero.

—Vuelvo a lo mío. Ahora bien, Jorge, o te haces las dichosas pruebas o dejaré de metértela poco a poco. Estoy hasta los huevos del condón.

No podía dilatar más la espera, Daniel llevaba tiempo empujándome a que me las hiciera: «Vamos juntos y así te da menos miedo». «Pero ¿y si estoy infectado?». «Ya cruzaremos ese puente cuando lleguemos a él, ¿no te parece?». Antes de conocer a Daniel el dolor y el temor a estar contagiado se habían ido amortiguando, pero después de conocerlo ambos volvieron a aparecer corregidos y aumentados: ¿qué pasaría si las pruebas daban positivo? ¿Dejaría de verme?

—Si eso es así, mejor que lo sepas cuanto antes, porque no vale la pena estar al lado de un tío que haría eso —me aconsejaba Pablo.

Todos tenían razón. Había llegado el momento de pasar por el centro de salud de la calle Sandoval, que era el lugar al que peregrinaban de manera periódica aquellos amigos míos que tenían más valor que yo. Por fin todo parecía estar en orden en mi vida: mis relaciones familiares, mi incipiente relación sentimental y el trabajo; ya sólo faltaba despejar aquel interrogante para ser feliz. «Ni palabras grandilocuentes ni pollas, es que lo tengo todo», pensé para mí mientras nos dirigíamos en taxi al barrio de Bilbao, que era donde Daniel tenía su casa.

Y luego: «Qué coño. Me las hago. No hay más que hablar».

—Daniel —le dije mirándolo fijamente cuando el auto se detuvo en un semáforo—, pide hora, que la semana que viene vamos a Sandoval.

Daniel sabía que hacerme las pruebas significaba enfrentarme a más de siete años de miedo, de pavor, de angustias, de noches sin dormir.

Se acercó a mí en el asiento trasero y me susurró al oído:

—Estoy empezando a quererte.

No contesté porque hacía algún tiempo que yo iba cuesta abajo y sin frenos, pero por consejo de Carmen no se lo decía para no asustarlo: «Recuerda siempre que los hombres son arrancada de caballo y parada de burro», me repetía ella machaconamente.

Pero ¿quién dijo que fuera un chico obediente?

—Yo hace tiempo que vengo haciéndolo —respondí al fin.

13

¿SE ACABÓ?

Lo peor fue cuando aparecieron los de la funeraria, lo envolvieron en una sábana blanca, lo colocaron encima de una camilla y se lo llevaron. Serían las doce del mediodía. Mi madre y yo estábamos en la habitación y ella, tapándose los ojos, gritó: «Se lo llevan, se lo llevan». En aquel momento me di cuenta de que iba a ser incapaz de asistir al entierro de mi padre, puesto que no estaba preparado para verla sufrir.

Se había muerto la noche anterior, pero desde mucho antes éramos conscientes de que le quedaba poco, porque cada vez le costaba más respirar. Por la mañana mi madre había llamado a la enfermera que venía ocupándose de él durante los últimos meses y, después de examinarlo, nos dijo que de aquella noche no pasaba.

Como hacía tiempo que el médico nos había comunicado que el tumor iba a matarlo, sus palabras no nos pillaron por sorpresa. El octavo tercera se vio invadido por una tranquilidad quebradiza, porque todos los que estábamos allí —mi madre, mis hermanas, mi tía y yo— sabíamos que la muerte estaba a punto de cobrarse una nueva víctima. Nuestra primera tarea —luego vendrían el tanatorio, el entierro, el funeral— era diseñar cómo debían transcurrir las horas previas al desenlace.

Nos preparamos para esperar y comenzaron a surgir las primeras conjeturas:

—No se morirá por la tarde.

—Claro que no, lo hará por la noche. O a lo mejor de madrugada.

—Lo que está claro es que como mucho amanecerá y adiós.

En tres puntos estábamos todos de acuerdo: que mi padre debía morir rodeado sólo por sus allegados, que la noche podía ser larga y que mi madre no estaría de humor para ponerse a cocinar, por lo que mi hermana Esther llamó a un Telepizza y encargó la cena. A ninguno nos extrañó que mi hermana tomara semejante iniciativa en un momento tan trascendental, pues mi familia siempre se ha caracterizado por crecerse en los pasajes más delicados de nuestra existencia. Bastantes años atrás, justo después de operar a mi padre de un ojo, el cirujano nos explicó consternado que la operación había ido regular y que podría perder la visión —cosa que finalmente no sucedió—. Después de que el doctor hubiera abandonado la sala donde nos había reunido a toda la familia para ponernos al tanto de lo sucedido en el quirófano, un silencio espeso se adueñó del lugar hasta que mi hermana Ana lo rompió con una sentencia impagable: «Bueno, si se queda ciego siempre puede ponerse a vender cupones».

Mi padre murió de madrugada, en su cama, rodeado de su mujer, sus tres hijos, su hermana Carmen, su cuñada favorita —mi tía Gloria, hermana de mi madre— y un cocker que me había comprado hacía poco y al que había puesto de nombre *Pronto*, como la revista en la que trabajaba. Durante aquel día fuimos pasando por la habitación para estar a su lado y cubrirlo de besos, abrazarlo, tumbarnos a su lado diciéndole al oído lo que le queríamos, dándole las gracias por todo lo que había hecho por nosotros y aprovechando las últimas horas que le quedaban de vida. Hasta que llegó un momento en que comenzó a pasar demasiado tiempo entre una inspiración y otra. No sé quién dio la voz de alarma, pero no tardamos nada en reunirnos en torno a él esperando a que todo se acabara. De repente y ante nuestra sorpresa, se incorporó con una fuerza inusitada, abrió los ojos —quiero creer que se dio cuenta de que estaba rodeado de amor— y murió.

Empecé a escuchar unos llantos que me taladraban la cabeza. No, no quería pasar por aquello, no tenía valor, no quería ver a nadie sufrir. Llevábamos ya mucho tiempo haciéndolo, desde el día en que le diagnosticaron a mi padre el tumor; no estaba preparado para consolar ni ser consolado. Después comenzaron a llegar los vecinos, y fue entonces cuando me tomé un Valium y supe que lo mejor que podía hacer era encerrarme en mi habitación.

Al día siguiente, nada más despertarme, mi madre me pidió que fuera a darle un beso. Así lo hice. Mi padre seguía tumbado en su cama y le habían anudado un ridículo pañuelo en torno a la cabeza para sujetarle la mandíbula y evitar que se quedara con la boca abierta para los restos.

Cuando desaparecieron los de la funeraria nos quedamos en la casa sólo mi madre, *Pronto* y yo. Bueno, y también mi padre, porque aunque acababan de llevárselo ya nunca más se iría. Siempre lo llevaríamos con nosotros.

Había sido Carlos, el marido de mi hermana Esther, quien me había llamado a Madrid un viernes por la tarde.

—Jorge, vente a Badalona, que tu padre está muy mal.

—Pero ¿qué ha pasado?

—No lo sabemos, pero no está bien.

—¿Es grave?

—Jorge, ven.

Me senté en el sofá sin fuerzas para reaccionar, incapaz de dirigirme a la habitación para hacer una bolsa de viaje con lo básico y largarme al aeropuerto. Al poco rato, cuando apenas había metido un par de cosas en la maleta, volvió a llamarme mi cuñado:

—Jorge, tranquilo, ha recuperado la consciencia. Si quieres vente mañana.

Al día siguiente, al llegar a Badalona, mi madre me contó lo que había sucedido:

—¡Ay, Jorge, fue todo muy raro! Salió antes del trabajo porque decía que no se encontraba bien, que todo le olía raro, muy raro. Yo había estado con tu hermana Ana y al llegar a casa me lo encontré sentado en el sillón. Y cada dos por tres diciendo que olía raro. Hasta que de repente le dieron unos temblores y yo me puse muy nerviosa, llamé a tu cuñado Carlos al móvil y él pidió una ambulancia. Y ahora mira dónde estamos, no sé lo que le habrá pasado. Él dice que está bien, pero, claro, los médicos quieren hacerle pruebas. Normal, vaya susto nos hemos llevado.

¡Mi Jorge, ya sabía yo que en Roma te pasaba algo! A tu Mari no la engañas, eso de que durmieras tanto... Ya sabía yo que no estabas bien, allí ya estabas tú malico. Qué rápido ha ido todo, hace dos meses que íbamos con tu hijo paseando por la plaza Narbona esa, y ahora en el Clínico, recién operado, y yo estoy tan nerviosa que no sé si sentarme a tu lado, ponerme a mirar por la ventana o hacer un crucigrama. Menuda mierda todo. Mecachis, qué mala suerte, ahora que te quedaba poco para jubilarte... Vaya palo.

Yo nunca pensé que esto fuera a pasarme a mí, con la de viejos de noventa años que no paran de decir que están cansados de vivir y tú no vas a llegar a los sesenta. Dios egipcio del Sol: «Ra». Anda, qué cosas que se me vienen ahora a la cabeza.

Ya sabía yo que cuando me dijeron que tenían que operarte de la cabeza, malo, porque esas cosas es muy difícil que terminen bien por mucho que la medicina haya avanzado tanto y que las operaciones no sean tan complicadas como las de antes. Por eso no me he venido abajo cuando después el médico ha salido para decirnos a tu hermana y a mí que ha intentado eliminar todas las células malas pero que cree que en tres meses volverán a reproducirse porque el tumor es muy agresivo. Pero no te preocupes, que tú no vas a acabar en un hospital, ya le he preguntado al médico que cómo será el final y me ha dicho que podrás estar en la casica, porque vas a ir quedándote dormido poco a poco. No quiero llorar. No quiero llorar. No quiero que me veas llorar. ¡Ay, qué tonta soy! Si estás recién operado, aquí, dormidico, cómo vas a verme llorar.

Jorge, tú no te preocupes de nada, que vas a tener a tu Mari siempre cerca. Tú no te preocupes, ¿eh?, mi vida, que te voy a cuidar hasta que te vayas. En cuanto podamos nos vamos al piso y ya verás qué bien vamos a estar. Nos ha dicho el médico que disfrutemos el tiempo que podamos, y eso es lo que vamos a hacer, ya lloraremos después, qué coño, y oye, ¿quién dice que los médicos no se equivocan?, a ver si luego va a resultar que son más de tres meses los que tarda eso en volver a salir, ¿y si es un año?, ¿o dos? ¡Ay, Jorge!, cuanto más tarde mejor, yo no quiero quedarme sola, que es muy pronto, Jorge, muy pronto. Nombre de pila de Maura, célebre actriz española: «Carmen». Mira, Jorge, que somos muchos los que nos preocupamos por ti. Y tu hermana, *la progre*, como tú la llamas, también se ha quedado planchada, no te creas. A ver, se queda sola, la Carmen, aunque más sola voy a quedarme yo, porque a ver con quién me voy ahora los domingos a las Ramblas o a comer algún sábado a Barcelona, y cómo voy a ir yo a ver a tu hijo a Madrid, con lo bien que íbamos en coche los dos, parándonos donde nos daba la gana, ¿tú te imaginas cómo voy a hacer yo ahora el viaje sola, acordándome de todos los sitios en los que he estado contigo? Pero déjalo, no quiero pensar ahora en eso, nos ha dicho el médico que te disfrutemos y eso es lo que voy a hacer, ya tendré tiempo de estar triste, pero sola en mi casa, cuando nadie me vea. Símbolo del Litio: «Li»; capital de Francia: «París».

Cuando mi madre me dijo que a mi padre le quedaban tres meses no quise creerlo, no me daba la gana de creérmelo. ¿Cómo iba a morirse mi padre tan joven? Los padres se mueren viejos, cuando sus hijos tienen ya una cierta edad. Pero no hay dudas: lo han operado y han dicho que volverá a reproducirse. No puedo asumirlo, ya lo haré cuando llegue el momento. Ahora no quiero pensar. Y lo de las pruebas ya veremos, no estoy de humor. Menos mal que Daniel se hace cargo.

—Tranquilo, Jorge, ya te las harás —dijo—. Pero en esta ocasión, con lo de tu padre, es distinto. No le des la espalda a la realidad como con las pruebas, ahora la cosa es seria y los médicos no suelen equivocarse en los plazos. Aprovecha a tu padre porque va a irse. Vete a Badalona los fines de semana, si quieres te acompaño alguno, pero márchate todos los que puedas, porque si no acabarás arrepintiéndote de no haberlo hecho.

—No tengo ganas de follar. No pasa nada, ¿verdad?

Cuando Daniel me abrazó me di cuenta de que no, no pasaba nada. Estando a su lado parecía imposible que sucediera algo malo.

Si es que tenía que pasar. Ya me lo advirtió el médico, que a los tres meses volvería y entonces no tendríamos nada que hacer. No quiero que se dé cuenta, pero es que como no me siente no sé yo si voy a aguantar mucho tiempo derecha. Me estoy mareando.

—Jorge, voy al váter.

—Oye, ¿no irás a atufar la casa ahora?

—¡Ah!, pues no lo sé.

He intentado sonreír pero no he tenido fuerzas. No sé por qué, pero cuando sonó el teléfono ya sabía yo que no podía ser nada bueno, es como si me hubiera dado un presentimiento. Descolgué, y cuando una señorita me dijo que el doctor Sánchez Redondo quería hablar conmigo, pensé: «Ya está». Pues sí, ya está.

—¿Señora Vázquez?

—Sí, soy yo.

—Buenas tardes, soy el doctor Sánchez Redondo.

—Ah, hola.

—¿Puede hablar? ¿La pillo en buen momento?

—Espere. —Cerré la puerta del recibidor, el Jorge estaba en el comedor y no quería que se enterara de nada—. Ahora sí.

—Verá, siento muchísimo comunicarle que el tumor de su marido se ha reproducido. A partir de ahora todo va a ser muy rápido, probablemente vuelva a sufrir una convulsión. Si eso sucede tráiganlo inmediatamente al Clínico y les diremos qué es lo que tienen que hacer a partir de ese momento. Señora Vázquez, ya sabe que estoy a su disposición para lo que usted quiera. ¿Desea preguntarme algo?

Silencio. La cabeza me daba vueltas. Tenía ganas de llorar. De chillar. De romper cosas. Pero no podía hacer ninguna de las tres porque el Jorge no es tonto e iba a darse cuenta de que algo raro pasaba.

—No, ahora no. Más tarde. Ya lo llamaré yo. Gracias, muchas gracias.

Al abrir la puerta me preguntó:

—Mari, ¿quién era?

—Nadie, que si queríamos dejar el Ocaso y cambiarnos a una oferta mejor, pero les he dicho que no, que estábamos muy contentos.

Anda que vaya excusa más tonta he puesto, hablar ahora de seguros y de muertes con la que tengo encima.

Necesitaba hablar con Daniel. Mis miedos se rebajaban cuando hablaba con él.

—¿Cómo va todo, Jorge? —me preguntó nada más oír mi voz.

—Bueno... —A duras penas conseguí controlar el llanto—. No he podido ir a buscar a mi padre al Clínico. Les he dicho a mi madre y a mí tía que me perdonaran, que estaba muy cansado, pero la verdad es que no tengo valor, Daniel. No tengo valor. Cuando aterricé ayer en Barcelona me fui directamente para el hospital, y al verlo otra vez allí, en la camilla, cogiéndole la mano a mi madre, me vine abajo. Él cuando me vio aparecer sonrió y me dijo: «¡La que estoy liando!», pero se notaba que estaba muy contento de que hubiese volado desde Madrid sólo para estar con él. Esto se acaba, Daniel, tienes razón. Ayer ya lo empezamos a tener todos claro: esto se acaba. Pero no quiero estar aquí, no quiero ver cómo se apaga. Quiero huir a Madrid, estar contigo, trabajar, no pensar. Que todo esto se acabe cuanto antes.

—Mañana voy a recogerte al aeropuerto y luego, si quieres, te llevo a cenar a un sitio tranquilo —me propuso.

—Muchas gracias.

—¿Te has dado cuenta de la suerte que tienes de tenerme a tu lado?

Sabía que estaba bromeando, pero tenía razón; podía darme con un canto en los dientes. Si Daniel no hubiese aparecido en mi vida habría tenido todas las papeletas para acabar aquella noche borracho y en un cuarto oscuro.

En cuanto mi madre y mi tía entraron con mi padre por la puerta del octavo tercera, me encerré con la segunda en mi habitación.

—Tía, ¿cómo ha sido?

—Pues mira, ayer por la tarde me llamó tu madre muy intranquila porque tu padre estaba haciendo movimientos raros con la cabeza, así que, con la excusa de que hacía tiempo que no los veía, me presenté aquí. Todo iba bien hasta que nos pusimos a cenar, entonces tu padre tuvo una convulsión y, tal y como nos dijo el doctor, llamamos inmediatamente a la ambulancia. Fue todo muy rápido, Jorge. En el Clínico nos han dicho que estemos preparados porque empieza la cuenta atrás.

—Y mi madre, ¿cómo está?

—Ella es fuerte, ya lo sabes. Pero no te preocupes por que se venga abajo, que a partir del lunes me vengo a vivir aquí. A tu padre, para que no sospeche, vamos a decirle que no estoy muy bien de ánimo y que necesito compañía.

—¿Y qué hago yo?

—Vuélvete a Madrid. Pero ven todo lo que puedas, porque tu padre se muere.

Fue un fin de semana raro. Sabíamos que se había iniciado la cuenta atrás, pero estábamos muy tranquilos porque mi padre estaba en casa. No me moví de su lado hasta la misma hora de marcharme. Veíamos la tele juntos, abrazados o cogidos de la mano. Tan empalagoso estaba que mi padre, antes de irme, me dijo:

—Qué fin de semana más bueno he pasado. Dan ganas de estar malo toda la vida.

—Pues no te preocupes, porque volveré pronto.

Me marché casi sin despedirme de mi madre, tenía ganas de meterme en el taxi para ponerme a llorar por fin.

En cuanto aterricé en Madrid llamé a la Rigalt.

—¿Ya has vuelto de Badalona, calle Marqués de Montroig, 196-198, octavo tercera?

No entendía nada. No recordaba haberle dicho en ningún momento la dirección de casa de mis padres.

—¡La carta, Jorge, tengo tu carta! ¡La que me enviaste hace años!

—¿Qué dices? ¡Qué vergüenza!

—Ha aparecido este fin de semana mientras ordenaba unos papeles. No sé por qué la guardé al recibirla y no la tiré a la basura.

Sentí algo cercano a la felicidad, y todavía me aproximé más a aquel estado cuando, al salir del aeropuerto, divisé a Daniel. Estaba esperándome, y me descubrí culpable por sentirme de pronto tan bien. Parecía que todo fuese luz en Madrid mientras que en el octavo tercera de una calle de Badalona comenzaba a instalarse inexorablemente el reino de las sombras.

—Nena, vete a Badalona a comprarme pan de payés de ese que me gusta, anda, que quiero que la Mari me ponga un poquito con tomate y jamón —le pedí a mi hermana Carmen.

—Voooy. Anda que no te aprovechas de nosotras...

Quiero quedarme a solas con la Mari. Tengo que hablar con ella antes de que sea demasiado tarde. Lo que no sé es si voy a ser capaz de callarme todo lo que sé. Al menos tengo que intentarlo, pero no las tengo todas conmigo.

—Mari.

—Qué —contestó desde la cocina.

—Ven aquí al comedor conmigo un rato. Siéntate a mi vera en el sofá.

—Voy.

Estuvimos un rato callados, agarrados de la mano. Allá voy. A ver cómo me sale.

—Mari.

—Qué.

—Tú sabes que te quiero mucho.

—Pues claro que lo sé.

—Pero mucho, ¿eh? Mira que nos hemos enfadado veces y hemos pasado días sin hablarnos, pero yo nunca he dejado de quererte. Vaya mierda de vida hubiese llevado sin ti.

Quería seguir hablando, pero me lo impedía un nudo en la garganta. Agarré más fuerte su mano.

—Mari, lo sé todo.

No pude evitarlo, lo solté como me vino, y es que estaba cagado de miedo. Tendría que haber tenido más cojones y haberme quedado callado como una puta, pero no pude. Estuvimos en silencio unos minutos. La Mari estaba esforzándose por no llorar, la conozco, menuda es. Al final me preguntó:

—¿Cómo te has enterado?

—Un día que no estabas llamó preguntando por ti la secretaria del doctor Sánchez Redondo. No quiso dejar recado, sólo me dijo que volvería a llamar porque quería consultarte una cosa. Yo me quedé con la mosca detrás de la oreja, no había ninguna razón para que llamaran, no tenían que darme el resultado de ninguna prueba. Así que al día siguiente llamé yo y hablé con el doctor. Le pedí que me dijera toda la verdad, le dije que tenía derecho a saber si sucedía alguna cosa, que quería que me hablara muy claro porque, si iba a pasar algo, yo quería dejar todo bien atado. Y entonces me lo contó, Mari. Y me enteré de que esto se acaba.

No pude continuar hablando. Se me deshizo el nudo de la garganta y fue como si abrieran la compuerta de una presa.

—Perdóname, Mari, perdóname. No quería que supieras que lo sé, pero es que me muero de miedo, es que estoy acojonado y no puedo desahogarme con nadie, perdóname, de verdad.

La Mari empezó a llorar también y me abrazó con fuerza al tiempo que me decía:

—Pero ¿tú eres tonto? No tengo que perdonarte nada, faltaría más. Dame un beso, anda, dame un beso, con lo que yo te quiero, Jorge. Tú no te preocupes que no va a faltarte de nada, aquí voy a estar yo para cuidarte, no voy a dejarte solo. No llores más, por favor, que si no cuando venga tu hermana nos va a ver aquí hechos unos cristos. Venga, vamos a pensar en cosas bonitas.

—Mari... —me costaba hablar—, yo sé... que tú vas a salir adelante... Pero cuida de tus hijos, sobre todo del Jorge, que me da mucha pena y no quiero que le pase como al Mercadé. ¿Te acuerdas de aquel amigo que estaba conmigo cuando te conocí en el Apolo?

El llanto me ahogaba. Se me estaba quebrando la voz, pero tenía que seguir, no quería dejar aquella conversación a medias, no podía. No debía.

—Mis amigos se reían de él porque le gustaban los hombres, pero bien que muchos de ellos le dieron por culo porque las tías no se dejaban follar y él siempre estaba disponible. Yo le decía:

—Mercadé, pero ¿no ves que luego te tratan mal y te insultan y te llaman maricón?

—Ya, pero es que me gusta —me respondía.

—¿El qué te gusta, que te insulten?

—No, que me la metan.

—Pues búscate un novio que te quiera y te cuide.

—¿Y quién va a quererme a mí...? A nosotros no nos quiere nadie.

—Uno que sea igual que tú, joder.

—Los que son igual que yo se casan con mujeres, Jorge, y luego son los peores, porque después de follarme son los que más me pegan.

Mari, el Mercadé acabó *sonao* después de una paliza que le dieron tres hijos de puta en una verbena. Luego su familia lo quitó de en medio, lo mandó a no sé qué pueblo y le perdí la pista para siempre. Y yo no quiero que al Jorge le pase como al Mercadé. Tengo mucho miedo de que acabe así, en Madrid hay mucha gente...

—Jorge, tú tranquilo, que yo cuidaré de él.

—¿Me lo prometes?

Mi hermana abrió la puerta del piso y desde el recibidor preguntó:

—¿Qué te tiene que prometer la Mari?

—Que nunca va a olvidarse de lo que la quiero.

Mi mirada se encontró con la de la Mari y los dos sonreímos.

—Te lo prometo —me dijo en voz baja.

Le di un beso en los labios y me sentí muy aliviado. Por fin sabía que podía descansar en paz.

—Ay, Mari, qué rollo, mañana a trabajar otra vez. Qué pena que se acabe el domingo —me comentó mi cuñada.

—No digas eso, Carmen, con lo que yo daría por que el Jorge pudiera irse mañana a trabajar.

—Perdóname, Mari.

No había nada que perdonar. La vida sigue por mucho que a mí me parezca que el mundo se está acabando. El crío me llama todas las mañanas antes de entrar a trabajar con Linda Rubio, y yo qué voy a decirle, pues lo de siempre, que sigo igual, que todo sigue igual, y él se queda callado porque no sabe qué responderme y me cuelga en seguida; ya me gustaría a mí contarle que su padre está mejor y que se ha levantado y ha caminado un poco, y que a lo mejor el fin de semana vienen nuestras dos hijas y nos vamos a la calle un ratico con él. Es que duerme mucho, y cuando está despierto ya no da una a derechas. El otro día se presentó mi madre en casa y él fue y le preguntó que por qué llevaba un sombrero tirolés, y mi madre, que está medio sorda, no entendía nada, y al llegar yo a la habitación y oír lo del sombrero tirolés, me dio un ataque de risa y el Jorge también se rió; vete tú a saber de qué, porque ya no se entera de nada.

Con pañales va ya. Hace una semana tuve que mandar a la Carmen a que fuera a una farmacia de guardia porque empezó a cagarse encima. Está quedándose en los huesos, parece un pajarico. Y aun así el otro día se nos cayó cuando lo llevábamos entre las dos del comedor a la habitación. ¡Ay!, qué pena me dio verlo tirado en el suelo, qué rabia me entró, qué ganas de tirarme de los pelos, de arañarme, de hacerme yo daño. Desde entonces lo atamos a una silla con ruedas que se compró para estar más cómodo frente al ordenador y lo empujamos hasta la cama. Al Jorge pequeño se le escapó el otro día que, para estar así, mejor que no esté, pero yo es que prefiero que esté así a que no esté conmigo, a mí no me importa cuidarlo, lavarlo, cortarle las uñas de los pies y de las manos, cambiarle los pañales y asearlo; yo lo que no quiero es que se muera, por Dios, yo quiero seguir despertándome a su lado y quiero seguir escuchando su respiración cuando me desvelo; con lo miedosa que soy, ¿cómo voy a vivir sin él, cómo voy a apañármelas? ¿Cómo voy yo a querer que se muera, para qué coño quiero que no esté, para quedarme sola? ¿Para echarle de menos? Vamos, nene, ni que estuviera yo loca.

—Mari, ¿te acuerdas de cuando mis padres te llamaban *la Manchega*?

—Ay, qué duros fueron al principio conmigo, hija.

Acabábamos de acostar al Jorge e íbamos a ponernos a cenar. Llevábamos días, semanas, alimentándonos de bocadillos, hasta que un día le dije a mi cuñada:

—Carmen, no podemos seguir viviendo de esta manera. Tenemos que prepararnos unas cenas como Dios manda, porque no sabemos cuánto tiempo vamos a estar así.

Y a partir de aquel día empezamos a cenar en condiciones. Y a echar mano de los recuerdos antes de acostarnos.

—Mari, ¿sabes que todavía guardo un pañuelo que me regalaste por mi santo cuando yo era pequeña? Me acuerdo que me dijiste: «Carmen, me habría gustado regalarte algo más, pero es que no tengo dinero porque todo el que gano lo doy en casa para pagar las medicinas de mi padre».

—Déjate de acordarte de esas cosas ahora, anda. Lo que nos faltaba, más tristezas... Oye, Carmen...

—Dime.

—¿Por qué no me das a probar una de esas cosas que fumas tú?

—¿Un porro?

—Fíjate que me da vergüenza hasta decir la palabra.

La Carmen fue a la habitación del Jorge y regresó con una cajita de madera, de esas que venden los hippies.

—Cuando tu hermano se enteró de que fumabas eso casi le dio un pasmo —le confesé—. Yo estuve a punto de matarte un día en que el crío estaba hablando por teléfono y le oí contarle a un amigo que a veces fumaba porros contigo. Menos mal que cuando colgó me dijo que era muy de vez en cuando, por eso te libraste. Pero que te quede claro que sé que a veces fuma contigo. Y no me hace mucha gracia, y menos me la hacía entonces. Pero no decía nada porque como era tan buen estudiante...

Noté a mi cuñada algo avergonzada, se calló y casi parecía que ni se atrevía a mirarme, así que yo, como si estuviera muy suelta, fui y le dije:

—Mira, con lo que tenemos encima no vamos a ponernos a discutir por eso. Venga, enciende uno que tengo mucha curiosidad por ver a qué sabe. Ojalá me distraiga un poco, que tengo la cabeza que me va a estallar.

—Primero tengo que liarlo.

—¡Ah! ¿No los venden hechos?

Pues mira, no. Sacó una piedra marrón y un cigarro normal y corriente, rompió el cigarro, luego le prendió fuego a la piedra y después se puso a mezclar una cosa con la otra. ¡Madre de Dios, qué jaleo lleva eso!

—A ver, Mari —me dijo Carmen como si estuviera explicándome la lección—, dale una calada muy pequeña y te metes el humo para adentro.

Fumé muy poquito, como ella me había dicho. Y me tragué el humo.

—Dame un poquito más, que no me entero de nada.

—Mari, todavía es pronto para que lo notes.

—¡Anda y calla!

Y le di otra calada. Y luego otra más fuerte, hasta que mi cuñada me arrancó el porro de las manos porque se ve que ya era demasiado.

—Carmen.

—Qué.

—¿Te acuerdas de lo gorda que eras de pequeña? ¡Menudas piernas tenías! Parecían jamones.

—En el colegio se metían mucho conmigo, no me lo recuerdes tú ahora.

—No me extraña, con aquellas trenzas que te ponía tu madre, que parecían de esparto. Uy, qué risa más tonta me está entrando. ¿Y tú, Carmen, de qué te ríes tú?

—¿Te acuerdas de cuando llegasteis el Jorge y tú y les dijisteis a mis padres que estabas preñada?

—Calla, calla, qué disgusto se llevó tu madre. Pues oye, cuando se alborotó tanto tendría que haberle respondido: «¿No perdió usted a una hermana pequeña en la guerra, que no hace más que recordárselo a todo el mundo? ¡Pues yo vengo con el repuesto!».

No podíamos dejar de reír, cuanto más reíamos más queríamos. ¿Cuánto tiempo pudimos pasar así? No lo sé, pero luego nos entró una modorra la mar de agradable.

—Carmen, yo sé que mi hijo tiene mucha confianza contigo y te cuenta cosas que no nos dice a nosotros. ¿A ti te ha dicho que le gustan los hombres?

—No, la verdad es que no.

—¿Y tú qué crees?

—Que sí.

—¿Y crees que es feliz?

—Ahora igual no. Pero no te preocupes, lo será.

—¿Nos vamos a dormir?

—Sí, Mari, que mañana quiero ir bien temprano a la farmacia a comprar pañales, que no quiero que nos quedemos sin...

—Carmen.

—Qué.

—A veces tengo miedo.

—Mari, lo raro sería que no lo tuvieras. Buenas noches.

—Venga, *Pronto*, vámonos al comedor, que el Jorge ya se ha ido a Madrid.

El chico tenía que irse, debía seguir trabajando, era su obligación, y yo lo entiendo. Lleva conmigo una semana y media, desde la muerte de su padre. Creo que estaba deseando largarse, pero a mí se me ha encogido el corazón cuando antes de subirse al taxi ha levantado la cabeza y nos hemos dicho adiós moviendo la mano, como hacemos siempre. Cuando se ha cerrado la portezuela del coche me han dado ganas de seguir apoyada en la barandilla del balcón y pasarme un tiempo ahí, como hacía antes, sólo que entonces sabía que tampoco podía entretenerme mucho, porque tenía que ponerme con la comida, la plancha, mis zurcidos... ¿Y ahora?, ¿ahora qué? Pues ahora el perro, el *Pronto*. El Jorge me lo ha dejado porque así sabe que como mínimo tengo que bajar tres veces al día a la calle; con lo que yo me he reído de la gente que va con su perro a todos los lados, y ahora voy a ser yo una de esas.

Voy a sentarme en el sillón, estoy muy cansada. Madre mía, qué cansancio llevo encima. Me di cuenta cuando te metieron en el nicho, Jorge; de repente me dieron ganas de dormir, de acostarme y pasarme días enteros en la cama durmiendo. ¡Cuánta gente fue al entierro! ¡Cuánto te querían! ¡Y cómo te quería yo! ¿Cómo no iba a quererte? No sabías ir a ningún sitio sin mí, que yo te decía: «Pero, hijo, sal con tus amigos, déjame a mí un poco tranquila», y tú me contestabas: «Es que sin ti no me lo paso bien, por eso quiero que vengas». Y yo hacía como que me enfadaba, pero me gustaba mucho que me dijeras aquellas cosas. Qué lástima, por Dios, qué lástima. Yo que antes no me compraba bragas para ahorrar, tú que has trabajado más horas que un reloj, que algunas veces nos las hemos visto y deseado para llegar a fin de mes, y ahora que estábamos viviendo cómodamente me quedo sola. A lo mejor me pongo otra vez a zurcir, para entretenerme.

—*Pronto*, ven conmigo al sillón.

Me gusta acariciarle la cabecica. La de noches que me he pasado acariciando la tuya, Jorge. El médico me decía que ya no reconocías a nadie, pero yo sé que cuando te pasaba los dedos por el pelo te acordabas de mí, porque te reías, porque seguramente te venía a la cabeza cuando ibas a buscarme al pasaje de la calle Industria, cuando trabajaba yo con la Mercedes zurciendo, o puede que a lo mejor también te acordaras de lo bien que lo pasamos cuando nos fuimos los dos solicos a Lisboa y nos metimos a cenar en una casa de fados. ¡Ay, madre mía, lo que nos pudimos reír! Tú empeñado en ir y yo, nada decidida, que te decía: «¡Uy, no sé!», y cuando ya por fin me convenciste y empezaron a cantar tan triste, venga una canción, venga otra, tú no sabías dónde meterte. Pero hacías como que te gustaba, y se te notaba a la legua que te aburrías como una ostra, hasta que yo te dije:

—Venga, vámonos.

—No, Mari, qué vergüenza.

—Cómo que no, ni fados ni fadas, que me estoy durmiendo.

Y cuando ya estábamos en la calle tuvieron que llamarnos la atención de la risa que nos dio.

Qué sola está la casa sin ti, Jorge. A estas horas estaría ya atándote a la silla del ordenador para llevarte a la cama. Menos mal que el piso no es grande, ¿ves como el octavo tercera también tiene cosas buenas? Tú imagínate lo que habría sido tener que llevarte de un sitio a otro en una silla en un piso grande, ¡ay, que se me escapa la risa! Si estoy riendo por no llorar, porque como empiece no termino, y encima tendré que sacar al *Pronto* a la calle y la gente me parará, y me hablará de ti, y yo qué voy a decirles con las pocas ganas que tengo de hablar de ti con nadie, porque tú eres mío, que es como si te tuviera dentro de mi corazón con un tapón cerrado a cal y canto, y cuando los demás me hablan de ti es como si el tapón se abriera y se me fuera un poquito de mi Jorge, y yo no quiero eso, yo quiero que todo lo que he vivido y lo que he pasado contigo se quede conmigo, porque ha sido muy bueno.

Uy, ¿estoy hablando sola? Ya estoy como las locas. Y ahora me río.

—Anda, *Prontico*, vámonos a la calle un rato, que si no me voy a poner mala y eso no puede ser, porque mis hijos me necesitan. Y ahora tú también.

La promesa. La promesa que le hice al Jorge.

Yo no sé cómo acercarme al Jorge pequeño, aunque el viernes, un día después de que te enterrásemos, me dijo:

—Mama, acompáñame a Barcelona que tengo que ir a hacerme unos análisis.

—¿Unos análisis de qué, hijo?

—Nada, para un viaje que voy a hacer, unas vacunas.

—¿Y adónde tienes que ir?

—A unos laboratorios que hay justo detrás de la universidad donde estudié. Y después de que me los haga, nos damos una vuelta y nos quedamos a comer por allí. ¿Te parece?

Me hizo mucha ilusión que me pidiera que lo acompañara, porque él es de los que van por libre. Los laboratorios estaban en la calle Balmes, y fue tan derechico al sitio que parecía que ya había estado antes. En cuanto entró se dirigió a una chica morena con el pelo rizado y, como los resultados tardaban unos días en entregarse, pidió que se los enviaran a Madrid. Al salir le pregunté:

—¿Conocías el lugar?

—Sí, estuve hace algunos años, cuando estudiaba en la facultad.

—¿Y para qué?

—Nada... ¿te acuerdas de cuando me fui a Jordania? Pues eso.

Sabía que estaba mintiéndome. Lo conocía más que si lo hubiera parido. Qué coño, lo había parido yo. En fin, pensé que durante la comida a lo mejor me hablaba de ese Daniel que ya en Roma lo llamó por teléfono.

No lo hizo. Pero no te preocupes, Jorge, que no voy a olvidarme de la promesa que te hice: tu hijo no las pasará tan putas como tu amigo Mercadé.

Ahora me voy a la calle a pasear al *Pronto,* y por eso voy a dejar de hablarte un rato, no vaya a ser que se piensen los del barrio que por tu muerte me he quedado turulata y encima me encierren.

No tardo nada, ahora vuelvo.

EPÍLOGO

Volví a Madrid huérfano de padre. Daniel no pudo ir a buscarme al aeropuerto aquella vez. «Te espero en casa, tengo lío en el instituto», me dijo. No me molestó, casi lo preferí, necesitaba hacer el camino solo y en silencio, acomodándome a la idea de que pisaba Madrid por vez primera con mi padre muerto.

Se acabó la mala conciencia de que llegara el viernes y me resistiera a ir a Badalona. Nunca sabía si volvería a ver a mi padre la semana siguiente, o quizá al cabo de dos semanas, y estaba cansado de despedirme de él continuamente. Me había enfrentado varias veces a la posibilidad de darle el último abrazo, el último beso, de decirle adiós por última vez.

Madrid. Mi ciudad. Siempre lo había sido.

—¿Adónde vamos? —preguntó el taxista.

—A la calle Escalinata.

—¿Eso está por el centro, no?

—Sí, es una de las calles que sale de Isabel II.

—Pues a ver cómo llegamos hasta allí, ya sabe que esa zona es muy complicada.

Vaya, un taxista ligeramente malhumorado. No sé por qué, pero todos, sea la calle que sea a la que vayas, dicen siempre lo mismo.

—No se preocupe, no tengo prisa. Y, por favor, no hace falta que me lleve por el camino más rápido. Prefiero que me lleve por el más bonito.

El taxista me miró por el retrovisor y sonrió.

—¿Le pongo la radio?

—Sí, pero que no hablen. Mejor música.

En Badalona había dejado a mi madre más entera de lo que imaginaba.

—Quédate con el *Pronto,* te hará compañía —le dije—. La Ana y la Esther vendrán mucho a verte, pero llegará la noche y te quedarás sola. Ya verás qué bien vas a estar con él, no te dará miedo irte a dormir.

El día después de enterrar a mi padre le pedí a mi madre que me acompañara a hacerme las dichosas pruebas. No le dije cuáles, claro; le mentí, pero ella me lo notó, es más lista que el hambre. No quería estar en mi casa, necesitaba salir, respirar vida. A ratos estaba triste, otros rabioso, en algunos momentos me dominaba la impotencia e incluso me encabroné conmigo mismo por la manera en la que se estaba desarrollando mi vida. Entre bandazo y bandazo, dando tumbos. No podía seguir así.

—Mama, vente conmigo a Barcelona.

—¿Ahora, hijo?

—Así nos da un poco el aire.

—Es que me da no sé qué. Ayer enterramos a tu padre.

—No lo vas a querer más por quedarte aquí.

—Pues tienes razón. Además se lo prometí.

—¿Qué le prometiste?

—Nada, cosas nuestras.

La calle Balmes. El laboratorio. La misma chica del pelo rizado. Ella no se acordaba, claro. Yo, sí. Demasiados años torturándome.

—Envíame los resultados a Madrid, por favor.

Respiré hondo. Ya sólo quedaba esperar, como cuando hacía un examen y fantaseaba con la nota. «Yo creo que lo he hecho bien», «Me han preguntado lo que me sabía». Jamás había suspendido uno, y ojalá no fuera aquel el primero.

Marisol, Antonio, Pablo, Luis... Habían estado a mi lado en todo momento, pero yo entonces necesitaba estar a solas con Daniel, ya quedaría a comer con todos ellos el domingo, también eran mi familia.

Madrid. Su caos producía orden en mi vida. Me sentía acompañado por la gente que inundaba la Gran Vía, por los atascos de los coches, por los pitidos de los conductores cabreados.

Llegué a casa. Al meter la llave en la cerradura advertí que había alguien dentro, pero aquella vez no tendría que esperar con mi maleta en la plaza de Isabel II a que desalojaran mi piso después de echar un polvo. Daniel me abrió la puerta.

—Llegas a tardar un poco más y me quedo sin aire.

Me abrazó en el rellano. Después, me agarró la cabeza, me miró a los ojos y me besó.

—¿No vas a dejarme entrar en mi casa? —protesté.

—Mira que eres arisco.

—Y tú peliculero.

—Te ha llamado la Rigalt. Que la llames, es urgente. ¿Te preparo una copa de vino mientras tanto?

—Vale.

La conversación fue breve. Carmen estaba muy excitada y no tardó en contarme que la había llamado Rosa por si conocía a alguien, porque necesitaban a un colaborador nuevo en su programa de la tele.

Al colgar me senté en el sillón, confundido. De pronto apareció Daniel con una copa de vino.

—¿Qué quería?

—Hace poco entrevisté a Rosa, sabes quién es, la que presenta junto a Ana Rosa por las tardes ese programa de cotilleos que funciona tan bien. Quedó muy contenta con la entrevista y me envió un ramo de flores. Pues ha llamado a Carmen para decirle que querían probar a alguien para comentar con ellas las noticias de las revistas, por si se le ocurría algún nombre. Carmen le ha dado el mío y a Rosa le ha parecido bien. Empiezo el jueves que viene.

Nos quedamos callados. Fue Daniel quien rompió el silencio:

—No vas a hacerte muy famoso, ¿verdad? Estamos muy bien así.

—Daniel, van a probarme, no nos volvamos locos.

Silencio de nuevo. Aquella vez lo rompí yo:

—Me ha dicho Carmen que me acompaña a El Corte Inglés a comprarme ropa, porque tiene miedo de que vaya a meter la pata.

—Vale. Por cierto, te ha llegado un sobre de unos laboratorios. Son de Barcelona.

Los resultados. Allí estaban, encima de la mesa. Iba a dar carpetazo a siete años de miedos. De incertidumbres. De angustias.

—Daniel...

—Quieres que los abra yo, ¿verdad?

Más silencio. Rasgó el sobre. Leyó un papel. Me miró muy serio. Me acojonó.

—Lo sabía —musité.

—¿Qué sabías, Jorge? —respondió Daniel igual de bajito, todavía serio.

—Que no saldrían bien.

—No es lo que te imaginas, es que estoy echando cuentas de lo cara que va a salirte la noche, porque tenemos muchas cosas que celebrar.

Entonces se rió a carcajadas, yo me abalancé sobre él, le arrebaté el papel y vi un NEGATIVO tan grande como la catedral de Burgos.

—¡Eres un cabrón! Lo que me has hecho sufrir.

—Oe, oe, oeeeee. ¡Esta noche follamos sin condón!

Miré al techo. Imaginé que era el cielo y dije:

—Gracias.

Y después añadí:

—Por todo.

Jorge, que acabo de hablar con el crío. Uy, está contentísimo. Que lo han llamado para ir a la tele y que quiere que vaya a Madrid porque tiene que presentarme a un amigo muy especial que se llama Daniel. Sí, hombre, sí. ¿No te acuerdas de que lo llamó una noche cuando estábamos en Roma? Desde luego, hijo, cómo eres. Hasta allá arriba cuidas de nosotros. ¿Yo? Estoy bien, no te preocupes. ¿Que si te echo de menos? Pues tú me dirás, toda la vida juntos... Pero no te preocupes, saldré adelante. Ya sabes tú que tu Mari es fuerte. El *Pronto* me cuida mucho, no me deja ni a sol ni a sombra. ¡Si es que yo creo que me lo has enviado tú para que no se me acerque ningún hombre! ¡Como si no te conociera! Me voy a dormir, ojalá sueñe otra vez contigo. Que descanses. Hasta mañana.